シェイクスピアは、おとなの玉手箱

咲き誇る "喜怒哀楽の花" 満載

［改訂版］

尾﨑一美 著

文化書房博文社

改訂版まえがき

　『シェイクスピアは、おとなの玉手箱』は、2005年3月に初版発行した作品で、大学院生時に授業で多くの知識を学んでいる真只中で書き上げたものです。

　その後、著書の内容にいくつか問題点が有るのに気づき『シェイクスピアは、おとなの玉手箱』の書店及びネット販売等を含む流通を全て中止致しました。

　いずれ改訂版を発行したいと考えておりましたが、思い掛けず大学で心理学部非常勤講師の任務を受け教壇に立ち、大学生と対峙しながら無我夢中で授業に取り組んだ結果、瞬く間に年月が過ぎ去り今日に至りました。

　初版時の私は執筆に全く素人でしたが指導教授の熱心なご指導に報いたいと一生懸命取り組んだ筈が、書き留めたメモを取り違えて入力するミス、校正時に出版社の当時の担当者による年代記号の変換ミス、等を挽回するために、今回の担当者と話を煮詰め、更に正確を期するために以前、教育学研究室でお世話に成った大島英樹教授（現立正大学教職教育センター長）に校正を依頼できたことで、ようやく改訂版出版に辿り着けました。

　渡辺孔二教授との出会いは、私の生涯に於いて教養を磨き高め、意識の変革へと変わる大きな転換期と成りました。

　人生には偶然の出会いで様々な人間模様や出来事が発生するが、渡辺孔二教授との出会いは、私に取って正に別世界へと導かれる奇跡の始まりでした、学生を指導する教授の真摯な態度や人格に強い印象を受け、執筆へと導いて下さった感謝で一杯です。

　学生が持つ能力をより優れたものへと導く教授にご指導いただきながら、

人生初めて発表した作品で、私自身大変気に入っていますので、このまま埋もれては残念であり、ご苦労なさった指導教授に感謝の意を示すためにも、再度出版したいと考えました。

　帯の部分にも載せましたが、『シェイクスピアは、おとなの玉手箱』は、初版当時、「ECナビランキング本トップ５内で第３位」（2006/11/20~2006/11/26）に入っております。

　是非多くの方に私の著『シェイクスピアは、おとなの玉手箱』の詩や文の内容に触れていただき、シェイクスピアと私と皆様の思いが繋がり、心に潜む真情を共有したいと切に望みます。

　　　　　2019年10月『シェイクスピアは、おとなの玉手箱』「改訂版」

　　　　　　　　　　　　　　　　　筆者　尾﨑一美

はじめに

　昔の話になる。ウイリアム・シェイクスピア（1564-1616）という劇作家の名前すら記憶に留めた覚えもない時に『ロミオとジュリエット』の映画を見た。ジュリエット役のオリヴィア・ハッセーの可憐な美しさだけでなく映画に現れた、夢見るような恋の切なさが私の心を陶酔の世界へと運んでくれた。誰でもがそうであるように私も希望に満ちた未来を想像して少女時代を送って来たのだ。自らの運命を自分勝手に劇のヒロインに重ね合わせ自分にもそんな麗しいストーリーが待っていて素適な白馬の騎士が現れるのだと期待に胸をドキドキさせた時代があった。

　「人生は千差万別贅沢を言ったら切りが無い」と言われるように人それぞれ受け止め方が違うだろうが、子育てと毎日の生活に追われる現実に直面しながら若さと希望に満ちていた頃をふと思い出し、「こんな筈ではなかったのに」と地団太踏んだ人もいるだろう。私もその一人だった。毎日の生活の中で絶えることも無くおきる揉め事や前触れも無く訪れる家族の死、さらに自らが知らず知らずに予期しなかった道を歩んでいる事に気が付いた人も少なくないであろう。

　そんな折には血気盛んだった若かりし頃を本の中に見出し気分を一変させて見るのも悪くはない。一寸した切っ掛けや出会いや人々との交わりが人生に大きな変化をもたらすこともあるからだ。私も多くの悩める女性の中の一人として若い頃の秘め事の存在すら忘れ去っていた時、もう一度学生に戻りたいという気持が頭をもたげた。今では私と入れ替わって若者だけの特権である溢れ返る若さで日々を送っている息子が、そんな私を見て一冊の英文対訳『ハムレット』をくれた。本の内容は大学で学びたいという私の心を挫く

かのように難解なもので、よく理解できなかった。その数ヶ月後勇気を出して入学を果たした私の目に映ったのは、眩いばかりに活気に満ちた学生が溢れ返ったキャンパスの様子であった。その中の一員である筈の私なのに、余りにも学ぶ事が多過ぎて僅かな時間も無駄に出来ない苦しい生活が始まった。大学では息子より若いボーイフレンド達数人と文学について熱く語り、熱しすぎて口論となったこともある。人生にはこういう喧嘩もあったのだと、未だかつて経験した事も無い新鮮な驚きに一人感激したこともあった。忘れかけていたあの難解な『ハムレット』も授業の中で学び、あの劇の言葉の美しさが幾らか理解できるようになり難解なシェイクスピア劇に対する靄がわずかずつ晴れてきた。

　威厳すら感じる『ハムレット』との出会いは一瞬の出来事であるが、僅かな切っ掛けを経て本書執筆という私にとっての大業を果たすまでの道のりは短くも辛い厳しいものであった。しかし今振り返ればその辛く厳しい道のりには、楽しい至福の時もあったことに気付くようになっている。私の大学院生活も博士課程の２年目になった時、デフォー、スウィフト研究者、渡辺孔二指導教授から本書の執筆を勧められた。あれから２年足らずになるが、様々なテーマでエッセイを無我夢中で必死に書いた。今は大学や大学院での素晴らしい人たちとの出会いに感謝したい気持で一杯である。

　　　いっそ安らかな死を　　と叫びたいほど　何もかもに愛想がつきた
　　　たとえば　すぐれた才能の持主が　乞食同様の境遇であるのに
　　　くだらぬ碌でなしが　きらびやかな礼服でかざり立てられ
　　　純真な信実の誓いが　あわれにも裏切られるのを見るとき

　　　また　輝く栄誉が　上べだけの恥しらずに与えられ
　　　乙女の淑徳が　みだらな好色のえじきになり
　　　まことの完璧が　無残にも傷つけそこなわれ

正しい力が　よこしまな体制で無力となるのを見るとき

また　学芸が　権力によって口を封じられ
愚かものが　知恵者きどりで　学識のことをつかさどり
無心の正直が　誤って馬鹿者とさげすまれ
善が奴隷の身となって　悪の将軍に仕えるのを見るとき……

『ソネット66番』（中西信太郎訳）

　このシェイクスピアの詩行からは様々な声が聞こえて来るが、その中から聞こえてきた声に耳を傾けてみた。その結果としてシェイクスピアにおける真と美という問題がまるでシェイクスピアが訴えているかのように聞こえてきたのだが、このテーマは私には余りにも大きく、せいぜい『聖書』に触れながらシェイクスピアと『聖書』と私が対峙して、何かを感じ取ろうと努力する事しか出来なかった。本書は言わばそうした私なりの一種の報告書と言ってよい。

目　次

むすびにかえて

I
シェイクスピアが咲かせた
花物語あれこれ

1

『ヴィーナスとアドゥニス』

―ヴィーナスの心を虜にしたアドゥニスの美―

　人の世に存在する数限りない揉め事全てに目を向け、人々の争いを洞察しその愚行を暴く術として、シェイクスピアの作品にはいたるところに宇宙、星、太陽を始め風、雨、嵐、また動物、鳥、木や花などの植物がふんだんに現れてくる。自然が持つあるがままの姿と力は人間が持つ邪悪な心、傲慢、偏見、己惚れ、嫉妬、などが如何に愚かであるかを示している。一方で、僅か一輪の花が人の心を動かし、病を癒すことがあることに、改めて驚きを感じるが、シェイクスピアは自然界に接しながら何を訴え、何を嘆き、何を感じながら作品を書いたのだろうか。作品に登場する花に隠された秘密を探ってみたいが、その前に私自身の花に対する気持を述べておきたい。

　　花たちよ
　　清々しい春の朝　小鳥たちの歌声で目を覚ました草花たち
　　花たちはまだ幼さを宿し　花びらは薄化粧
　　ほんのりと甘い香りは　わたしたちの鼻をくすぐる
　　どれも青空に朝の口付けをしようと　背をのばし可憐さを競っている
　　花たちよ！　何時までも今のあなたでいて欲しい　変わることなく

おや！　今日のあなたは特に美しい　恋でもしているのですか？
濃い目の化粧がすこし気がかりなあなた　これも仕方ないでしょう
あなたはいま　一番輝いている時なのだから
でも忘れないでください　今が一番大切な時であることも
あのほんのりと芳しい香りは　何処へしまってしまったの
濃い目の香りは　遠く離れていてもあなただと気付きます

今日は雨模様　悲しげなあなたを見て天も悲しんでいるのでしょう
なにも判らなかった　とおっしゃるのですね
知らないことは美しいことです　知ることは失うことでもあります
悲しみは　突然やってくるのですから
じっと耐えるのです　次にあなただけの春が訪れるまで

控えめにあなたを見つめていた優しい視線を　あなたはご存知なかった
夢追うあなたは　周囲のことを理解できませんでした
それも仕方ないでしょう　あなたは余りに幼すぎました
優しい瞳は苦しげに涙を溜め　あなたから去りました
この世に生を受け生きること　それ自体苦しい事なのです

（尾﨑一美作）

　一般に花と言えば誰しも女性を想像する。ところがシェイクスピアは『ヴィーナスとアドゥニス』では花を男性として扱っている。このことを知ることがまず、花に対するシェイクスピアを知る手がかりを与えてくれるように思う。すると次のようなアドゥニスが浮かびあがる。

　アドゥニスの美
　花のように麗しくけがれのない美青年アドゥニス

彼の美しさに負けまいと　神聖な太陽が朝露に輝きを加え　彼の美と競う
争いごととは無縁なアドゥニスの心は　猟のことのみ　恋心を持たない

麗しい無垢な花アドゥニスを　そっとして置いて欲しい
アドゥニスに恋する　ヴィーナスの愛の手が伸びる
美しいアドゥニスに狂ったヴィーナスを　最早止めることは出来ない

アドゥニスよ　ヴィーナスを愛しているのだと自分を騙しなさい
そうすれば　苦しみが楽になるのだから
アドゥニスよ　ヴィーナスの愛の嵐が過ぎ去るまで耐え忍びなさい

ヴィーナスに青いつぼみを　奪われたけれど　憂いは世の常
打ち沈み陰影を含んだ瞳は　さらに美しさを加えてしまう
つぼみは無くしたけれど　心まで奪うことは出来ないのだから

（尾﨑一美作）

　アドゥニスの声は、音楽のように流れ、容姿端麗で控えめ、体格はりりし
く整い、アドゥニスを眼にしただけで、その体から出ている花のようなエキ
スがヴィーナスを引きつける。そういうアドゥニスの溢れる美しさを、シェ
イクスピアは 'Rose-cheeked Adonis'「ばら色の頬麗しいアドゥニス」と表
現し称賛している。
　この地球上に存在する花々、花を見たり、その花びらに触れたり、香りを
嗅いだ時に心に怒りを感じる人がいるのだろうか。もしそうであるなら花は
男性であってもよい。シェイクスピアが花を男性として扱ったことも決して
不自然ではない。

　花は、率直にいえば生殖器である。有名な蘭学者の宇田川榕庵先生は、

彼の著『植学啓源』に、「花は動物の陰処の如し、生産蕃息の資て始まる所なり」と書いておられる。すなわち花は誠に美麗で、且つ趣味に富んだ生殖器であって、動物の醜い生殖器とは雲泥の差があり、とても比べものにはならない。そして見たところなんの醜悪なところは一点もこれなく、まったく美点に充ち満ちている。まず花弁の色がわが眼を惹きつける、花香がわが鼻を撲つ。なお子細に注意すると、花の形でも萼でも、注意に値せぬものはほとんどない。

牧野富太郎：5

2

『冬物語』

―悲しい定めを背負って咲いた花―

Perdita (*To polixenes*)　　Sir, welcome.

It is my father's will I should take on me

The hostess-ship o'th' day.

(*To Camillo*)　　You're welcome, sir.

Give me those flowers there, Dorcas. Reverend sirs,

For you there's rosemary and rue. These keep

Seeming and savour all the winter long.

Grace and remembrance be to you both,

And welcome to our shearing.

Polixenes　　　　　　　　　　　　　　　Shepherdess,

A fair one are you. Well you fit our ages

With flowers of winter.

Perdita　　　　　　　　　　　Sir, the year growing ancient,

Not yet on summer's death, nor on the birth

Of trembling winter, the fairest flowers o'th' season

Are our carnations and streaked gillyvors,

Which some call nature's bastards. Of that kind

Our rustic garden's barren, and I care not

To get slips of them.

(Act 4 Scene 4, 70-84)

シェイクスピア作品の原文はすべて（クラレンドン・プレス版『シェイク
スピア全集』を使用）

パーディタ　　（ポリクシニーズに）よくいらっしゃいました。

父の意向で、今日のお祭りの女主役をつとめるものです。

（カミローに）あなた様もよくいらっしゃいました。

ドーカス、そのお花をとってちょうだい。お年を召したあ
なたがたに、

思い出の花マンネンロウと恵みの花ヘンルーダを。

この二つの花は冬のあいだずっと色と香りを保ちます。

お二人に神の恵みとよき思い出がありますよう。

毛刈り祭りによくおいでくださいました。

ポリクシニーズ　　　　　　　　　　　　　羊飼いの娘さん――

見れば見るほど美しい娘さんだ――私たち年寄りに冬の花
とはまことに似つかわしい。

パーディタ　　今年もだいぶふけましたが、まだ夏が去ったとは言えず、

と言って身をふるわせる冬も訪れてはいません。

この季節のいちばん美しい花は、不実の花カーネーション
と、自然の私生児とも呼ばれる縞石竹（しませきちく）でしょうが、

あのような花は私どもの庭には咲いていませんし、

私も一茎だってほしいとは思ったことさえありません。

（小田島雄志訳。以下も特記しない場合はすべて同じ訳者の訳を使用させて
いただく）

　お祭りの女主役をつとめるパーディタはポリクシニーズとカミローにお年を召したあなたがたに、とマンネンロウ 'rosemary' とヘンルーダ 'rue' の花を捧げる。

　年寄りの二人にと、特にこの二種類の花を選んだ理由は何故か、この花はどのような意味を持つのであろうか。マンネンロウは常緑樹で忠実、貞操、記憶の象徴として扱われ地中海の沿岸に多く見られ薄い青色で、結婚式や、また葬式にも使用される花である。この花は冬の間ずっと色と香りを保つので、何時までも衰えない若さを保つようにというパーディタの心使いを意味している。またヘンルーダはミカン科の多年草で南ヨーロッパが原産で葉は苦く強い香りがし昔は薬用として使われた。この花は小さな黄色の花びらを持ち教会で使用されるので神聖な花の象徴ともなっている。そこでパーディタは二人の若かった頃の記憶を何時までも保ち又、行く末が幸多いことを願い、二人にこの花は、思い出と恵みの花であることを伝える。

　全てのものに、やがて訪れる衰えから逃れる事のできない悲しさ。花と同じように人間も誕生、衰え、死、という定めから逃れられない悲哀があることを感じる。ギリシャ神話にも人間と同じように花の持つ悲しい定めを意味した物語がある。

　ギリシャ神話に出てくる愛の女神デメテルとその娘ペルセフォネの話は季節の移り変わりを表わした物語である。だれよりも美しい、明るい娘ペルセフォネは花冠を作るため、仲良しの娘達と、美しいニュッサの野で花を摘んでいるときにハデスが自分の妻にするためにペルセフォネを地下の国へさらって行ってしまう。ハデス王はデメテルの夫ゼウスの実兄である。悲しみと怒りにデメテルはゼウスから去って娘を探し求める。やがて大地も木も草も女神デメテルに同情し、木の実はならず、麦は芽を出さず、野の花も咲くのをやめてしまった。娘をさらう事を兄に許したゼウスではあるがオリンポスの山から大地を眺め、デメテルの怒りを静めないとあらゆる生物が死んでしまうのを恐れ、地下のハデス王に母親の元にペルセフォネを返すよう命ず

る。しかしハデスはペルセフォネに、ざくろの実を与える。一度ざくろの実を食べた者は必ず地下の国へ戻って来なければならず、母親デメテルの元に帰ったペルセフォネは6ヶ月後には地下の国へ戻って行く。やがて又6ヶ月が過ぎると母親のデメテルの元に帰る事が慣わしとなった。デメテルもやがて春になって娘が戻る日を心待ちにするようになる。この春を待つ気持ちが季節の移り変わりとなったのであろう。この物語のことを次の言葉で言い表されているのを見て実感することが出来る。

> この母と娘の美しく悲しい神話には、季節の移り変りがみごとに形象化されていよう。また、人間をふくめたあらゆる生きものの、青春と老年、死と甦りの秘密をあらわしていよう。
>
> 山室 静（1963）：54

　ポリクニーズはパーディタの思いやりのある花をプレゼントされ、冬の間ずっと色と香りを楽しむ事が出来る感謝のことばとして、私たち年寄りに冬の花は似つかわしいと礼を言う。この時パーディタは、今は季節の変わり目で暑い日差しは完全に去ったとは言えないけれど身を震わすような寒さはまだ訪れていない。この季節のもっとも美しい花は、自然の私生児とも呼ばれるカーネーションと縞石竹であるとこたえるが、この二種類の花をパーディタはさげすむ。

　パーディタが忌み嫌うこの花には何が潜んでいるのだろう。'Mother's Day'（母の日）で知られているこの花は、*OED*には 'rosy pink colour' となっていて、キリスト教では白は純潔・美・貞節、赤は殉教の象徴となる。英国では「四旬節」'Lent' の第四日曜日、キリスト教、四旬節、大斎節、受難節を意味している。一方 'streak'd gillyvors' は縞石竹と言われ、日当たりのよい草地や川原などに自生し秋に淡紅色や白色の花が咲く。石竹をカラナデシコと呼ばれるので我々には、ナデシコの呼び名のほうが馴染やすい。是も

*OED*では 'clove-scented pink' となっている。人間の感覚からすると、香水をつけたナデシコということになるのであろう。パーディタは自然の香りでなく、人目を引くように香水をつけた花を嫌ったのであろうか。また、この花には、'as wallflower or white stock'「壁の花、相手にされない」、と言う意味を持っている。そこでこの花が濃い香りのする香水をつけた意味が理解できる。

　パーディタが 'streak'd' と言っている言葉には、'streak'd strain' 血統、〔生物〕系統、そして 'element' 要素、成分、元素、の意味であると解釈することにより、パーディタの気持ちを捉える事ができる。すなわち生物の本来のすみかを考える、四大（元素）の一つであり、例として、鳥は空、魚は水、が本来の姿勢である。万物の根源をなす、究極的要素、ギリシャ哲学で言う、土・空気・火・水である。植物で言えば土、固有の領分や適所がある。パーディタは 'bastard-hybrid' 雑種、あいのこ、'a hybrid rose' 雑種のバラ、のように自然に自生し血統の知れない花 'Nature's bastards'「私生児」と呼んでいる。

'Our rustic garden's barren, and I care not / To get slips of them.'

(Act 4 Scene 4, 83)

　あのような花は私どもの庭には咲いていませんし、私も一茎だってほしいとは思ったことさえありません。

（小田島訳）

　この言葉には、それらの花は、本来生息する草地や川原などがそれぞれの領分であり、住まいの庭を住みかとすることは自然の摂理に反すると、カーネーションと縞石竹が堂々と庭園に咲くのを許す事が出来ない、と言う気持ちがあのような言葉で表わされていると考えられる。

3
『ルークリースの凌辱』
—美しすぎたが故に起きたルークリースの悲運—

Her lily hand her rosy cheek lies under,

Coz'ning the pillow of a lawful kiss,

Who therefore angry seems to part in sunder,

Swelling on either side to want his bliss;

Between whose hills her head entombed is,

 Where like a virtuous monument she lies

 To be admired of lewd unhallowed eyes.

Without the bed her other fair hand was,

On the green coverlet, whose perfect white

Showed like an April daisy on the grass,

With pearly sweat resembling dew of night.

Her eyes like marigolds had sheathed their light,

 And canopied in darkness sweetly lay

 Till they might open to adorn the day.

Her hair like golden threads played with her breath—

O modest wantons, wanton modesty! —

Showing life's triumph in the map of death,

And death's dim look in life's mortality.

Each in her sleep themselves so beautify

As if between them twain there were no strife,

But that life lived in death, and death in life.

(386-406)

彼女の百合の手は、薔薇いろの頬のしたに横たわり、
枕が当然受けるべき接吻を欺き奪っていた。
枕はそのために怒り猛り、真二つに裂けんばかり、
両側にふくれあがっておのれの祝福を求めていた。
その二つの丘の間に彼女の頭は埋められ、
徳の誉れ高い記念像のように横たわっていた、
淫らな、汚れた目が崇（あが）めるのにまかせて。

もうひとつの美しい手は、寝床のそとに、
緑いろの覆いのうえに置かれていた。その純白の色は
草の辺に咲いた四月の雛菊のようだった。
夜露を思わせる真珠の汗が浮かんでいた。
彼女の目は金盞花（きんせんか）のように視力を覆いかくし、
暗闇の天蓋のなかに優しく横たわっていた、
ふたたび見開かれて、日を飾るそのときまで。

彼女の髪は金の糸のように吐息とたわむれていた。
おお、しとやかな悪戯者（いたずらもの）よ、淫らな貞淑よ。
それは死の似姿のなかにあって生の勝利を示し、

生のなかに死の仄暗い顔をかいま見せていた。

彼女の眠りのなかで、お互いがそれぞれの美しさを表わし、

両者の間にはなんの争いもなかった。

生が死のなかにいき、死が生のなかにいきていた。

（高松雄一訳。以下も特記しない場合はすべて同じ訳者の訳を使用させてい
ただく）

百合と薔薇の花に相応しい寝姿で横たわるLucreceに、夜の帳が降りる。
清純な妻ルークリースは、みずから持ち備えた美しい寝姿全身で暗い闇夜に
静かな時を刻んでいる。白百合の手は、薔薇色の頬と対となり、ルークリー
スの美しさを強調している。

'Lily' を OED で調べると 'Person or thing of special whiteness or purity
(lilies and roses, fair complexion).' と述べられているように、'Lilies and
roses'「百合と薔薇」がそろって一組となっていることに気付く。百合はルー
クリースが清純な女性であることを表わすのに相応しい花と言えよう。'Her
lily hand her rosy cheek lies under.' とシェイクスピアが「百合のような手
と薔薇のような頬」と、美の表現に百合と薔薇を同時に使用することは彼の
表現の的確さを表わしていると言えるであろう。

キリスト教では、百合は純潔の象徴であると共にEasterの日にはキリス
ト復活のしるしとして用いられる花であり、また葬式にも使用されるので純
潔だけでなく復活、不吉など複雑なものの表象として用いられる事がある。

また 'rose' 薔薇のうち、白薔薇はキリスト教では、純潔・美・貞節などを
意味し、赤い薔薇は殉教の象徴である。イングランドおよび米国の国花であ
るのを見ても厳粛な感覚を想起させる花でもある。

'Every rose has its thorn.'「とげのない薔薇はない」（完全な幸福は無い）
を考えると、薔薇はルークリースの幸せが永続きしないことを仄めかしてい
る花でもあるのだろう。また、百合も葬式の花に使用されると言うことを考

え合わせると、純潔な心を持ったルークリースがTarquinの慾情の犠牲となり、それを恥じて、みずからの命を絶ち、死んでいく運命を背負った、ルークリースの花であったのである。

　タークィンは夜の悪魔となって、愛する夫一筋に情愛を捧げる美しいルークリースに忍び寄り、幸せを奪い取ってしまう「悪魔」'Incubus' である。

　'Incubus' とは、'Evil spirit supposed to descend on sleeping persons'「睡眠中の女性を犯すと考えられている 'spirit' 悪魔」で、まさにタークィンのことを表わしているとも考えられる。

　妖精の中には昼の太陽の妖精と夜の妖精がいることはギリシャ神話で見ることができる。

　　……光の妖精は太陽よりもきらきらした非常に美しいもので、……太陽の神フレイアの領でありました。その神の光の中で、妖精たちはいつも遊びたわむれているのであります。

　　黒い精霊、すなわち夜の妖精はまた別種のものでありました。みにくい長い鼻の一寸法師で、からだは汚れた褐色をしていました。彼らは太陽を一番おそろしい敵としていますから、夜だけしか現れません。もし太陽の光がちょっとでもその身体にさすと、彼らはたちまち石に変じてしまうのでありました。

　　　　　　　　　ブルフィンチ作（1855）、野上弥生子訳（1983）：438-439

　'Daisy' 雛菊は、デイジーとも呼ばれ、人目をひく［すてきな］者［人］、可愛い娘、と言う意味がある。花ことばは、「無邪気」「安泰」「希望」でこの花もルークリースの心そのものである。

　'Marigolds'「金盞花」はシェイクスピアが 'Her eyes like marigolds had sheath'd their light'「彼女の目は金盞花のように視力を覆い隠しと言っているように」この金盞花の花ことばは「悲嘆」といわれ、田中四郎（1989：

210）によると、太陽神アポロンにあこがれている一人の男がいたのだが、くる日もくる日も厚い灰色の雲がたれこめて、太陽を仰ぎ見ることのできない日が続き、男は絶望し、自ら命を絶ってしまった。これを聞いたアポロンが男を哀れに思い、太陽に似せた花に変えてやった。これが金盞花である。と書かれている。悲嘆というのは、太陽を仰ぐ事の出来ないと言う話からきているが、「太陽を仰ぎ見ることが出来ない」を「死が直視できない」ことに例えたのは、フランスの貴族で「箴言集」を著した、17世紀のLa Roche-foucauld（1613-1680）であるが、「太陽も死もじっと見つめることはできない」（二宮フサ訳（1989）：18）と彼の著書で説論している。

　タークィンの欲望の犠牲になったルークリースが自らの命を絶ち、その美しい瞳は、まぶたに覆われ再び開く事は無い。このことで夜に眠るルークリースの目を「金盞花のように」と例えたシェイクスピアの意味がうなずける。

4

『ロミオとジュリエット』

―大人達の悪心の犠牲に散った恋の花―

From forth the fatal loins of these two foes

　　　A pair of star-crossed lovers take their life,

Whose misadventured piteous overthrows

　　　Doth with their death bury their parents' strife.

The fearful passage of their death-marked love

　　　And the continuance of their parents' rage ‐

Which but their children's end, naught could remove ‐

　　　　　　　　　　　　　　　　　　　　　　(Prologue, 5-11)

敵 同士の家に生まれた

不運な星の恋人同士、

蕾の花も無残に散って、

ようやく消える両家の憎しみ。

死の影をふむあわれな恋路、

子を失ってはじめて悟る

両親どもの愚かな怒り、

（三神 勲訳。以下も特記しない場合はすべて同じ訳者の訳を使用させていた

だく）

　敵同士にうまれたモンタギュー家のRomeoとキャピュレット家のJuliet
の恋は、花のつぼみが開く事も無く散っていった。若い二人の恋物語には、
どのような花が咲くというのだろうか。このロミオとジュリエットの物語
にも多くの草花が登場する。それらは「セイヨウカジカエデ」'sycamore'、
「オオバコ」'plantain'、「灯心草」'rush'、「枇杷」'medlar'、「セイヨウナシ
の実」'pear'、「薔薇」'rose'、「毒草」'baleful weed'、「薬草」'herb'、「石榴」
'pomegranate'、「ローズマリー」'rosemary'、「曼陀羅華」'mandrake'、「なつ
め」'date'、「まるめろ」'quince'、「いちい」'yew' などである。これら様々な
草花よりもさらに美しいといえる花は、蕾のまま無残に散ったロミオとジュ
リエットの悲恋花物語である。

　ロミオがモンタギューの甥でロミオの友人であるBenvolioと一緒に仲違
いのキャピュレット家の仮面舞踏会に忍び込む 'Come, knock and enter,
and no sooner in / But every man betake him to his legs.'（Act 1 Scene 4,
33-34）「さあ、ノックして繰り込め、繰り込め、中へ入ったら、皆すぐ踊り
出すんだぜ。」とベンヴォーリオに言われるがロミオは次のように言って踊
るのを嫌がる。 'Let wantons light of hear / Tickle the sense-less rushes
with their heels,'（Act 1 Scene 4, 35-36）「陽気な連中は、靴の踵で勝手に
床の燈心草をくすぐれよ。」（三神訳）。ロミオが床の燈心草と言っている言
葉で、この時代の部屋に引き詰められた燈心草の床を想像出来る。

　ここに出てくる灯心草 'rush' は藺（いぐさ）の異名である。イグサ科の
多年草で原野の湿地に自生し、また水田で栽培される。地下に根茎を持ち円
柱形の茎は細長く地上一メートルになり茎の中に白い髄がある。5〜6月ご
ろ茎の先に花穂をつける、花は小さい緑褐色で茎は、篩かごの材料また、花
むしろや畳表に使われ、髄は灯心に使用される。

　この草は、豊饒を表す植物であると同時に、儚さも表している。'Whilst

it is yet in his greenness, and not cut down, it withereth before any other herb.' (*Job* 8 : 12)「これは、まだ若芽のときには刈られないのに、ほかの草に先立って枯れる」と書かれているのを見ると、ロミオが言った灯心草はジュリエットとの恋が実らない事を一幕ですでに暗示しているようである。

　また、恋多きロミオが恋に悩みながら、カエデの森影を散歩しているようすを、ベンヴォーリオがロミオの母であるモンタギュー夫人に知らせている場面がある。'Where, underneath the grove of sycamore / That westward rooteth from this city side, / So early walking did I see your son.'（Act 1 Scene 1, 118-120)「すると市外の西の方角にあたる、プラタナスの森陰を、あなたの息子さんがもう散歩しておりました。」この訳文に出てくるプラタナスは西洋カエデのことで、葉は殆どが掌状で、緑色の葉から秋には赤や黄色に紅葉するが紅葉しない葉もある。4月から5月頃に黄緑や紅色の小花が咲きその後二枚のはねのような葉を付けて実がなる。

　このカエデやイグサ科の植物について興味深い出来事があった。今から5300年程前に生息していた男性のミイラがオーストリアとイタリアの国境近くで発見された。1991年9月19日、標高3,210メートルの氷河が溶けかけているハウスッラップヨッホ下方で下山をしていた夫妻がなにげなく見つけ、最初人形と見間違えたそうである。

　20世紀末の大発見となったこのミイラが、首と胸の下に、ござのようなものを身につけていたのである。それは、寒さ対策のために縄で編んだマント状のものであって、藁やイグサ類の植物で作った寒さ避けのマント状のものは、昔から遊牧民が身につけていたそうだ。またミイラの近くにシラカバ樹皮で作った入れ物が見つかりその中にカエデの葉が入っていた。このカエデの葉から葉緑素が見つかった事からまだ若葉の内にもぎ取ったものである事が判明した。このカエデの葉も断熱材の役目となっていたようだ。（コンラート・シュピンドラー著、畔上司訳（1994）参照）

　古代文明が発祥される以前に生きた時代の人間がほぼ完全な形で5300年

間閉じ込められていた氷河から一気に姿形、質素な生活用品をひっさげて我々の前に突然、出現したのである。それらは現代人から見れば粗末な物であるが当時の人に取っては貴重な全財産であったであろう。しかも**イグサ**（灯心草）と**カエデ**の葉を当時生活用品として使用していた証として現代人の前へ見せ付けるかのように出現したのだ。

　この驚くべきミイラがもたらした5300年前の**イグサ**と**カエデ**の葉の出現は、『ロミオとジュリエット』で、ロミオがキャピュレット家の宴場でさりげなく言った**イグサ**やロミオが散歩した**カエデ**の森の木陰それぞれの植物が、遥かな時の流れを越えて、古（いにしえ）の謎に秘められた果てしないロマンの世界へと思いを馳せさせてくれる。

　ロミオがキャピュレット家の宴で若くて美しいジュリエットに一目ぼれしキャピュレット家の庭園を去る事が出来ないでいる。その時友人のMercutioがロミオを探しながら 'Now will he sit under a medlar tree… '（Act 2 scene 1, 34）「いまごろはロミオめ、枇杷（びわ）の木陰（こかげ）にうずくまっているだろう。」（三神訳）というセリフに出てくる枇杷はマルメロのことかも知れないがその実は腐ると美味しくなると言われている。この木は、バラ科の落葉高木で中央アジアが原産、高さが5メートルにもなる。春に白や薄紅色の五弁の花が咲く。果実は黄色で、楕円形や丸、その外面に綿毛が生えている。甘酸っぱい香りを持ち通常は砂糖漬として食用にする。日本では、「花梨」とも書くこの木は、バラ科の落葉樹で中国大陸が原産で古くわが国に渡来した。高さはおよそ5～6メートルになり、春の終わりに花が咲く。果実は黄色く、強い香りがあり生食はできないが焼酎漬けにして喘息や風邪の咳止めとして利用される。

　『ロミオとジュリエット』で 'medlar' をマーキューシオが卑猥な意味で言い表している。'… / And wish his mistress were that kind of fruit / As maids call medlars when they laugh alone.'（Act 2 Scene 1, 35-36）「そして娘どもがしのび笑いするこの枇杷の実なら、ほんとにいいがな、おれの恋人

が、など、溜息ついているだろうよ。」娘たちが「忍び笑いをする」といっている 'medlar' は、実が熟すとその末端がヘソのように開くのでこの時代冗談の種として猥雑な連想に使用されていたようだ。「秋との関連で、別れ、冥界のディオニュソスとしてのオルペウス」を表すといわれている 'medlar' は、「甘美な腐敗」（『イメージ・シンボル事典』）という意味も持つ事を考えると、ジュリエットを恋してしまったロミオがその下に隠れる 'medlar' はロミオとジュリエットの甘美な愛がどのような運命を辿るかを暗示していた木とも言えそうだ。

　一方ジュリエットも敵であるモンタギュー家のロミオに恋してしまう。ジュリエット が恋しいロミオを慕い夜一人バルコニーで次のように訴える場面がある。

Juliet	'Tis but thy name that is my enemy.
	Thou art thyself, though not a Montague.
	What's Montague? It is nor hand, nor foot,
	Nor arm, nor face, nor any other part
	Belonging to a man. O, be some other name!
	What's in a name? That which we call a rose
	By any other word would smell as sweet.

(Act 2 Scene 1, 80-86)

ジュリエット	名前だけが敵なんですもの。
	あなたはやはりあなたですわ、モンタギューでなくなっても。
	モンタギューってなんなの？　手でもない、足でもない、腕でも、顔でも、人の身体のどこでもありはしない。
	ああ、なにかほかの名前にしてください。

　　名前になにがあるというの？
　　薔薇の花はその名をどう変えようと、
　　甘い香りに変わりがあろうはずはない。

（三神訳）

　このようにジュリエットは嘆く。ロミオが敵であるモンタギュー家の名前でなければロミオを愛することが許されるのに、とモンタギューという名前がジュリエットを苦しめる。「薔薇はその名をどう変えようと、甘い香りに変わりがあろうはずはない」。ロミオもその名前を捨てて私を愛してくださいと訴える。ジュリエットが例えに使った薔薇には次のような意味がある。「白い薔薇は、純粋、処女性、抽象的思考、沈黙、ヨーク家の家紋を表し、赤い薔薇は熱情、願望、驚嘆、赤面、戸惑い、恥じらい、死、殉死、結婚、母性、ランカスター家の家紋などを表す」。また次のような意味も持っている。「自由な性を悪とみなすキリスト教の理性的な考え方にけがされた自然な愛」（『イメージ・シンボル事典』）。これら薔薇の持つ意味を考えるとロミオとジュリエットの間にはヨーク家とランカスター家の紋章である敵対を表す薔薇が存在していた。この敵対を考えると、ロミオとジュリエットの二人にとって薔薇は、結ばれる事のない悲恋の花の象徴であったのだ。さらに若い二人ロミオとジュリエットの自由な愛を悪とみなすキリスト教の教えも関わりを持っていたことになる。

　キャピュレット家の二階のジュリエットの部屋で、夜明けと共にロミオはジュリエットのもとから去っていかねばならず、其の時ジュリエットは次のように言う。'Nightly she sings on yon pom'granate tree. / Believe me, love, it was the nightingale.'（Act 3 Scene 5, 4-5）「毎晩あそこの石榴の木に来ては鳴きますのよ。ほんとうよ、あれはナイチンゲール。」（三神訳）とジュリエットがロミオを帰したくない気持を表したナイチンゲールが止まる 'pomegranate'「石榴の木」は、ザクロ科の落葉高木でペルシャ、インド

が原産で果汁が多く水不足の地方には貴重な果実で栽培の歴史は非常に古い。'And wherefore have ye made us to come up out of Egypt, to bring us in unto this evil place? It is no place of seed, or of figs, or of vines, or of pomegranates; neither is there any water to drink.'（*Numbers* 20 : 5）「なぜ、あなたがたは私たちをエジプトから上らせて、この悪い所に引き入れたのか。ここには穀物も、いちじくも、ぶどうも、ざくろも育つような所ではない。そのうえ、飲み水さえない。」（傍点は筆者）。高さは5〜10メートルで幹には瘤が多く枝には棘があり、根はいったん分離するが再び絡まって一つになり葉は対になっている。樹皮は煎じて寄生虫の駆除に用い薬剤になる。6月ごろ赤い五弁の筒状の花が咲き、秋に大きな球形の果物がなり、熟すと実が割れ赤い汁に覆われた多数の種が露出する。この実が割れた石榴の様子を『聖書』に見る事が出来る。': …thy temples are like a piece of a pomegranate within thy locks.'（*Song of Solomon* 4 : 3. 6 : 7）「あなたの頬は、顔おおいのうしろにあって、ざくろの片割れのようだ。」種の周りの赤い汁は生食し又果実酒を作る。石榴の果実酒に関しては、後に照会するように「雅歌」8 : 2に記されている。これ以外にも石榴については次のように『聖書』の「雅歌」に記されている。'I went down into the garden of nuts to see the fruits of the valley, and to see whether the vine flourished, and the pomegranates budded.'（*Song of Solomon* 6 : 11. 7 : 11）「私はくるみの木の庭へ下って行きました。谷の新緑を見るために。ぶどうの木が芽を出したか、ざくろの花が咲いたかを見るために。」'Thy plants are an orchard of pomegranates, with pleasant fruits; camphire, with spikenard,'（*Song of Solomon* 4 : 13）「あなたの産み出すものは、最上の実をみのらすざくろの園、」'The mandrakes give a smell, and at our gates are all manner of pleasant fruits, new and old, which I have laid up for thee, O my beloved.'（*Song of Solomon* 7 : 13）「恋なすびは、かおりを放ち、私たちの門のそばには、新しいのも、古いのも、すべて、最上の物があります。（最上の物＝

ざくろのこと）（傍点は筆者）。これら聖書の「雅歌」を読むと、ジュリエッ
トの庭に植えてある「最上の物」である石榴の木には、ロミオからジュリ
エットへの溢れるばかりの愛が換喩となっている木である。

　また石榴には、次のような性的な意味も含まれている。「『雅歌』に登場す
る彼の花嫁は、一粒のザクロのような（＝赤く健康な）頬をしているとある
が（『雅歌』４：３）、このザクロに性的な意味も含まれていることは明瞭で
ある：I would cause thee to drink of spiced wine of the juice of my pome-
granate. 香料を入れたブドウ酒、石榴のあまき汁を、わたしはあなたに飲ま
せましょう『雅歌』８：２」（『イメージ・シンボル辞典』）。また石榴の木の
下は、ある戦いをも予期している。'And Saul tarried in the uttermost part
of Gibeah under a pomegranate tree which is in Migron: and the people
that were with him were about six hundred men;' (*1 Samuel* 14：2)「サ
ウルはギブァのはずれの、ミグロンにある、ざくろの木の下にとどまってい
た。彼とともにいた民は、約六百人であった。」

　数百人の人々が集まる戦の為の集合場所にあった石榴の木はロミオがジュ
リエットと結婚するためには前途多難な成り行きが生じる未来を物語ってい
たのだ。

　前途多難なロミオはジュリエットとの困難な恋に悩みLaurence神父のと
ころへ相談に行く。この朝神父は貴重な花や毒草を摘んでいた。

Friar Laurence　　Within the infant rind of this weak flower

　　　　　　　　　Poison hath residence, and medicine power,

　　　　　　　　　For this, being smelt, with that part cheers each part;

　　　　　　　　　Being tasted, slays all senses with the heart.

　　　　　　　　　Two such opposed kings encamp them still

　　　　　　　　　In man as well as herbs—grace and rude will;

　　　　　　　　　And where the worser is predominant,

Full soon the canker death eats up that plant.

(Act 2 Scene 2, 23-30)

ロレンス　　　このかよわい花のいたいけな花びらのなかにも、

毒もこもれば薬も宿る。

その香を嗅げば身体もおのずから爽やかになるものが、

なめれば一瞬にして心臓とともに五官の作用がとまってし

まう。

かかる対立する二人の王者がつねに互いに争っている。

人間界でも草木の世界でもな——つまり善と悪だ。

もし悪いほうが勢力を伸ばせば、

たちまち死という害虫が枝葉も幹も食いつくしてしまう。

（三神訳）

　ロレンス神父は籠の中に薬草を摘みながら、草花の持つ妙なる蜜液も使い
方によっては一瞬に人の命を奪う毒となると言う。薬草の持つ効力が良薬と
も毒薬ともなるのと同様に、人間界も善と悪が存在し毒のような苦難が生じ
る事もあると言う。ロレンス神父はParis伯との結婚を嫌がるジュリエット
を救うために薬草を使ってパリス伯との結婚の前日ジュリエットを仮死状態
にして運び出す手立てを企てる。

Friar Laurence　Take thou this vial, being then in bed,

And this distilling liquor drink thou off,

When presently through all thy veins shall run

A cold and drowsy humour; for no pulse

Shall keep his native progress, but surcease.

No warmth, no breath shall testify thou livest.

The roses in thy lips and cheeks shall fade

To wanny ashes, thy eyes' windows fall

Like death when he shuts up the day of life.

(Act 4 Scene 1, 93-101)

ロレンス　　　　床に入ったら、この瓶をあけてな、

中の薬を飲みほすのだ。

すると、たちまち身体中の血管に、

眠気をもよおす冷たい体液が行きわたり、

正常な脈搏は失われ、やがて完全にとまってしまう。

死んだように全身が冷たくなって、呼吸もなくなる。

唇や頬のばら色はあせて、

蒼白い灰色とかわり、眼の窓が閉じる、

死が生命の窓を閉ざすときのようにな。

（三神訳）

　ジュリエットを仮死状態にする為にロレンス神父が使用した薬草はどんな薬草であろうか。それを考える為に薬草に含まれているアルカロイド 'alkaloid' について考察して見る。ニコチン、モルヒネ、コカイン、キニーネ、カフェインの類で、イソキノリンなどの環状構造を有する植物塩基で、有毒成分はアルカロイドに属するものが多く薬用になるのもある。少量で、毒作用や感覚異常など特殊な薬理作用を起こさせる。毒草には、ドクウツギ、シキミ、トリカブト、ドクゼリ等があるが、ロレンス神父はとくに薬草の名前には言及していない、そこでジュリエットを仮死状態にする植物について検証して見る。ジュリエットがパリス伯との婚礼を拒絶し神父にその悩みを訴えるが、その時ロレンス神父は婚礼の前夜飲むようにとジュリエットに手渡した薬瓶をジュリエットが飲む時に次のように言って怖がる場面がある。

Juliet　　　　Alack, alack, is it not like that I,

So early waking—what with loathsome smells,

And shrieks like mandrakes torn out of the earth,

That living mortals, hearing them, run mad—

(Act 4 Scene 3, 43-7)

ジュリエット　ああ、ああ、どうしょう、どうしょう、

早く目がさめたら？　あのいやぁな臭いと、

曼陀羅華の根を引抜くときのような気味の悪い叫び声、

生きている人がそれをきけば気がふれるという――。

（三神訳）

　ジュリエットはパリスとの婚礼の前夜、ロレンス神父に渡された薬を飲ん
だ後に、何が起るか判らない自分の状態についてこのように思い悩んでい
る。死人のいやな臭いと、曼陀羅華の根を引き抜くときの不気味な叫び声が
したら恐ろしいと怖がる。ジュリエットがいっている曼陀羅華という植物の
花言葉は「恐怖」でこの植物は別名、チョウセンアサガオ、ムラサキケマン
といわれている。洋種チョウセンアサガオの薬用について『広辞苑』では次
のように記述されている。「ナス科の一年生帰化植物。熱帯アメリカの原産、
都会地付近に多い。全体に異臭があり、茎は紫色で高さおよそ1.5メートル。
夏、漏斗形、長さ8センチメートル、淡紫色または白色の花を開く。果実は
棘の多い蒴果。種は黒色。葉は曼陀羅葉と称し、喘息煙草を製するが、アト
ロピンを含み猛毒」。このことを考えると神父はこの曼陀羅華の根や葉の毒
を薬用として使用したと考えられるが、『旧約聖書』にも次のような興味深
い記述がある。

And Jacob came out of the field in

the evening, and Leah went out to meet

him, and said, Thou must come in unto

me; for surely I have hired thee with my

son's mandrakes. And he lay with her that night.

(*Genesis* 30: 16)

夕方になってヤコブが野から帰って来たとき、レアは彼を出迎えて言っ
た。

「私は、私の息子の恋なすびで、あなたをようやく手に入れたのですか
ら、私のところに来なければなりません。」そこでその夜、ヤコブはレ
アと寝た。

(King James Version : *The Holy bible*. 『聖書』新改訳聖書刊行会訳。すべ
て『聖書』の訳は同じものを使用)

　上の訳に出てくる「恋なすび」は曼陀羅華のことで、この創世記に記述さ
れている曼陀羅華について『イメージ・シンボル事典』にも次のように記述
されている。「旧約聖書では、マンダラゲmandragora vernalisは、ヘブラ
イ語でドゥダイムdûdâimとよばれ、これは一般にドダイムdôdâ'im（＝愛）
と関連があるとされた。またラケルはレア（レアは元気な息子ルベンからマ
ンダラゲを受け取っていた）がラケルの夫ヤコブと一晩共寝する（この結果
レアはイッサカルを身ごもった）権利と引き換えにマンダラゲを少し手に入
れた（「創世記」30：14-17）。」また文学に於いて次のような記述がある「ブ
レークでは、マンダラゲは誕生のシンボルであり、堕落した人間の死体から
生え、それを採った人の生命を危険にさらす。子供はマンダラゲ（＝生殖力）
の根元にいるのを偶然に『発見される』。」これらを考えると曼陀羅華は子孫
を増やす意味を象徴する役目を持った植物であると言える。『聖書』の曼陀

羅華についての記述、その象徴を含んだ意味を考え合わせると、ロレンス神父はジュリエットがロミオと結ばれて、二人の愛の証である子供を授かる事を実現させたかったのであろうか。しかし子孫を増やし、また二人の幸を願いながら曼陀羅華を使用した筈の薬用の効果は、憎しみ合う両家の悪習から愛し合う若者たちを救う事が出来なかった。結婚できなかったロミオとジュリエットには不思議に 'rosemary'「マンネンロウ（ローズマリー）」の花が意味ありげに付きまとっている。

　まずロミオと 'rosemary'「ローズマリー」との関わりを見ることにする。ロミオとジュリエットがお互いの気持を伝える手段として彼ら二人の仲介役を勤めた乳母とロミオとの会話の中に乳母が「ローズマリー」'rosemary' と「ロミオ」'Romeo' とは同じ頭文字で始まるのかとロミオに尋ねる会話がある。

Nurse	Doth not rosemary and Romeo begin Both with a letter?
Romeo	Ay, Nurse, what of that? Both with an 'R'.
Nurse	Ah, mocker—that's the dog's name. 'R' is for the— no, I know it begins with some other letter, and she hath the prettiest sententious of it, of you and rosemary, that it would do you good to hear it.

(Act 2 Scene 3, 197-203)

乳母	あのローズメリー（まんねんろう）とロミオとは同じ字ではじまるんでございますか？
ロミオ	そうだよ、乳母。それがどうしたのだ？　どっちもR（アール）だよ。
乳母	あれ、ご冗談を！　そりゃ、犬のうなり声ではございませんか。Rはそれ──。いいえ、違うわ。知ってますよ、な

にかほかの字ですわ。——それで、お嬢さまはあなたと
ローズメリーとで、とても面白い語呂合わせを作っており
ますよ。あなたが聞いたら、とてもお喜びになるようなの
ですよ。

(三神訳)

　この場面で突然 'dog'「犬」などと言う言葉が飛び出して来ることに戸惑
いを感じるが、ロミオは乳母に 'R' で始まるけど、それがどうしたと訴る。
乳母は意外なことにそれでは犬の唸り声のようだと言って 'R' の存在を嫌
がる発言をしている。乳母が忌み嫌った犬は、よそ者を怪しみ唸り声を上げ
るときの不吉な様子を想像させ、仲違いのモンタギューのロミオに対してあ
たかもキャピュレット家の犬が唸っているかのように錯覚させるが、ここに
出てくるローズマリーには一つの興味深い物語がある。「エジプトへ逃避す
る途中で、聖母マリアは幼児キリストの下着をローズマリーの藪の上で広げ
て乾かした。それまでローズマリーの花は白であったが、そのときから天の
真実を表す聖母マリアの色である青に変わった。」(『イメージ・シンボル事
典』訳を一部変更)。ここに出てくるローズマリーを考え合わせると、ジュ
リエットはローズマリーの花の上に広げられた幼児キリストの下着をローズ
マリーと同じ 'R' を持つロミオと美しく語呂合わせをし、ローズマリーの
花の上に横たわるロミオを想像しその話と合体させたのではないだろうか。
このことをジュリエットが言い表していたとしたらロミオはきっと乳母の言
うようにこの美しい語呂合わせに喜ぶことであろう。この訳の中に聖母マリ
アの色と関係したローズマリー、さらにジュリエットと「ローズマリー」と
の関わりについて見てみよう。

Friar Laurence　Dry up your tears, and stick your rosemary

　　　　　　　On this fair corpse, and, as the custom is,

All in her best array bear her to church;

(Act 4 Sean 4, 106-108)

ロレンス　　　　さ、涙をおぬぐいなされ、この美しい遺骸に
　　　　　　　　　　　　　　　　　　　　　（なきがら）
　　　　　　　　ローズマリーの花を供え、慣習どおり
　　　　　　　　晴れ着を着せて、教会へお運びなさるがいい。

(三神訳。訳を一部変更)

　仮死状態のジュリエットを死んでしまったと思い込んで嘆き悲しむキャピュレット家の両親をロレンス神父は慰め、亡骸にローズマリーの花をそえて教会へ運びなさいとここでも仮死状態のジュリエットを守るかのように寄り添う「ローズマリー」の花が彼女の傍らに置かれている。

　英国のローズマリーは全体に芳香があり紫色の花と葉を持ち、ハッカ科の常緑低木で葉は料理の付け合せやテーブルの装飾に使われる。シェイクスピアの時代にはローズマリーの花束は金色のリボンで結ばれるなど、結婚式に彩りとして工夫して使われていたようだ。そこでパリス伯との婚礼を翌日に控えた晩であったジュリエットに、このローズマリーの花が添えられることは当然であったのだ。しかし同時にローズマリーが葬式用として使用される花であったことも忘れてはならない。

　ローズマリーとは全く無関係とは言えない夜という闇がロミオとジュリエットに禍をもたらすかのように常に付きまとっていることに気づく。ロミオとジュリエットの最初の出会いも夜であったが。それはベンヴォーリオとロミオの行動が発端で恋の事件が始まった夜のことである。

Benvolio　　　This wind you talk of blows us from ourselves.

　　　　　　　Supper is done, and we shall come too late.

Romeo　　　　I fear too early, for my mind misgives

Some consequence yet hanging in the stars

Shall bitterly begin his fearful date

With this night's revels, and expire the term

Of a despised life, closed in my breast,

By some vile forfeit of untimely death.

(Act 1 Scene 4, 104-111)

ベンヴォーリオ　君の風に吹きまくられて、つい時間をむだにしてしまっ
　　　　　　　た。
　　　　　　　晩餐は終わってしまうぞ、もう遅すぎるかもしれない。
ロミオ　　　　いや、早すぎるんじゃないかな。胸騒ぎがする。
　　　　　　　なにか容易ならぬことが起こるのではないかな、
　　　　　　　星に宿る恐ろしい宿命が、今宵の祝宴をきっかけにこの身
　　　　　　　におそいかかり、
　　　　　　　この胸に宿るみじめなおれの生命を、不慮の災難をくだし
　　　　　　　て奪おうとするのではないか。

（三神訳）

　初めてロミオとジュリエットがお互いを見初め合うきっかけとなったの
は、ロミオが忍び込んだキャピュレット家であるが、そこは正に晩餐の宴の
最中であった。そこで初めて二人はお互い一目ぼれしてしまうが、'Supper'
「宵の晩餐」という時間帯であったのだ。
　さらにロミオは美しいジュリエットへの思いからキャピュレット家を去る
ことが出来ず暗闇の中でジュリエットの部屋が見える庭園に忍び込んだ。そ
れに気付いたジュリエットが 'What man art thou that, thus bescreened in
night, / So stumblest on my counsel?'（Act 2 Scene 1, 93-94）「まあ、どな
たですの、あなたは、夜の闇にまぎれて、わたくしの心の秘密を聞いてし

41

まって？」（三神訳）というが、このセリフからするとロミオは夜の闇に紛れて潜んでいたことになる。そのバルコニーでジュリエットもまた、恋してしまったロミオを慕って恋心を闇夜にそっと洩らす。バルコニーで二人は愛を囁き合いお互いの愛を確かめ結婚の約束をする。しかし喜びの中にも敵対している両家の憎しみにジュリエットは屋敷の者にロミオが見つかり殺されるのではないかと心配する。しかしロミオは 'I have night's cloak to hide me from their eyes,'（Act 2 Scene 1, 117）「夜の外套につつまれていますからだいじょうぶ、見つかりっこありません」（三神訳）と言い切っている。さらにロミオは、喜びをこの上なく美しい夜とたたえ夜を賛美して 'O blessed, blessed night! I am afeard, / Being in night, all this is but a dream, / Too flattering-sweet to be substantial.'（Act 2 Scene 1, 181-183）「ああ嬉しい！　なんて嬉しい夜だ！　だが、ひょっとすると、夜のことだから、なにもかも夢ではないだろうか？　現（うつつ）にしては、あまりに甘く、美しすぎる」（三神訳）というロミオの言葉にも拘らず二人の喜びが夜と共にある事に不安を感じさせる。

　さらにジュリエットは、夜が白みかけてきた時次のように別れの言葉を口にし別れを悲しむ。'Tis almost morning. I would have thee gone—'（Act 2 Scene 1, 221）「もうまもなく夜明けね。お帰りにならなくてはいけませんわね。でも、あなたを遠くへ放したくない」（三神訳）。自分の部屋でロミオからの連絡役の乳母を待つ時、恋の切ない気持を全て夜に託して歌い、ジュリエットは夜を称え夜に頼り切っている。

Juliet　　　　…Such a waggoner

　　　　　　As phaëton would whip you to the west

　　　　　　And bring in cloudy night immediately.

　　　　　　Spread thy close curtain, love-performing night,

　　　　　　That runaways' eyes may wink, and Romeo

Leap to these arms untalked of and unseen.

Lovers can see to do their amorous rites

By their own beauties; or, if love be blind,

It best agrees with night. Come, civil night,

Thou sober-suited matron all in black,

(Act 3 Scene 2, 3-11)

ジュリエット 　……フェイトンのような駆者^{ぎょしゃ}なら、

　　　　　　まっしぐらに西の空へおまえをせき立てて、

　　　　　　薄暗い夜をすぐに連れてきてくれるのに。

　　　　　　恋路を守る夜よ、大空いっぱいに厚いカーテンを引いて、

　　　　　　人の目をさえぎっておくれ、ロミオがこの腕の中へ、

　　　　　　人目にふれず、噂の種にもならずに、無事に飛び込めるよ

　　　　　　うに。

　　　　　　恋人は闇の中でも、自分の美しさに照らされて、

　　　　　　りっぱに恋のいとなみができますわ。またもし恋が盲目な

　　　　　　ら、夜は一番恋にふさわしい。早く来て、げんしゅくな夜、

　　　　　　黒ずくめの地味なお婆さん……。

(三神訳)

　恋するジュリエットは、暗い夜を待つ想いと共に人目を忍ぶ密かな空気と沈黙に占められていて彼女はまるで憂鬱な闇で覆われているかのようである。

　ロミオの父モンタギューはすでに早くから光を避ける息子の行動に不安を感じる言葉を発していた事実がある。ベンヴォーリオが早朝カエデの森影を散歩していてロミオを見かけた事を告げるとモンタギューは次のようにロミオのことを案じる言葉を発していた。

Montague　　But all so soon as the all-cheering sun

　　　　　　Should in the farthest east begin to draw

　　　　　　The shady curtains from Aurora's bed,

　　　　　　Away from light steals home my heavy son,

　　　　　　And private in his chamber pens himself,

　　　　　　Shuts up his windows, locks fair daylight out,

　　　　　　And makes himself an artificial night.

　　　　　　　　　　　　　　　　　　　(Act 1 Scene 1, 131-137)

モンタギュー　しかし万物を元気づける太陽が、

　　　　　　はるか東の空に現われて、オーロラ（暁の女神）の臥床の

　　　　　　ほの暗いとばりを開きはじめると、

　　　　　　思いに沈む倅めは光を避けて、家に逃げもどり、

　　　　　　ひとりおのれの部屋に閉じこもって、

　　　　　　窓をとざし、明るい日の光をばさえぎって、

　　　　　　自分から夜の闇をつくりおる。

　　　　　　　　　　　　　　　　　　　　　　　　（三神訳）

　ロミオの父モンタギューは昼の光を避け暗闇に閉じこもる息子に気付いていた。昼の光を避け夜の闇へと逃避するロミオはロレンス神父のところで乳母に昼過ぎ懺悔の式に来て欲しいむねの伝言を頼む。'Bid her devise / Some means to come to shrift this afternoon, / And there she shall at Friar Laurence' cell / Be shrived and married.'（Act 2 Scene 3, 170-172）「お嬢さんに伝えておくれ。なんとか工夫して、昼すぎ懺悔の式に来られるようにって。そうしたらロレンス神父さまのところで懺悔をすまして、すぐ結婚できるのだから。」（三神訳）と昼過ぎという日差しの中で懺悔を執り行う筈の明るい兆しが現れたはずなのに、またしても次のようにロミオの行動が

夜と共に動き始める。'Within this hour my man shall be with thee ／ And bring thee cords made like a tackled stair, ／ Which to the high topgallant of my joy ／ Must be my convoy in the secret night.'（Act 2 Scene 3, 177-180）「一時間ばかりしたら、ぼくの下男がおまえに縄梯子を渡すからね。それがこのぼくを喜びの天辺に、夜そっと運んでくれる頼みの綱になるのだ。」（三神訳）この行動にはまたしても夜が付きまとっていた。

　愛し合うロミオとジュリエットの恋の花には眩しい太陽の日差しが降り注ぐ事が無かった、それは重大なことを意味している。昼の光は人間、動物、植物にとって無くては成らない恵みであるにも拘らずロミオとジュリエットの恋の花にはその昼の光が降り注いでいないのだ。

　古代ギリシャの哲学者Aristoteles（紀元前384-前322年）は動物と人間と植物に関して興味深い考えを述べている。「アリストテレスは、動物は人間が退化したもの、植物はそれがさらに退化したものと考えました……」（ミ・エ・イヴィン著、藤川健治訳編（1973）：13）。Aristotelesはアテネにリュケイオンという学園を開いたが、彼の死後弟子である、Theophrastos（前373頃〜前287頃）が後をついで学園の後継者になった。テオフラストスはアリストテレスの考えと異なり植物の世界と動物の世界をはっきり区別して、植物学という学問分野の創始者となり、実地体験と観察にもとづいた『植物誌』『自然学者の学説』などを著わした。植物に必要な光合成という語は、ギリシャ語の 'photo'「光」と、'synthesis'「合成」とから成り、'Photosynthesis' で、炭水化物などの光合成である。『太陽・生命・および葉緑素』の著者ソ連の博物学者、生理学者、植物学者である Timiryazev, Kliment Arkadievich（1843-1920）は生命の根源は太陽にあることを証明した。これらの事を知ると、愛し合う二人の行動は常に暗い夜の世界で活動し、動植物に必要な太陽の光がロミオとジュリエットに射す事はなかった。明るい太陽の下で愛を語り合い未来に思いを馳せる場面はなく暗闇で何時も両家の不和の元である大人たちに怯えていた。ロミオとジュリエットの恋の花は、エネ

ルギー源としての輝く太陽の恩恵を受けはしなかった。従ってロミオがキャ
ピュレット家の庭園に忍び込みバルコニーにいたジュリエットを太陽に喩え
て言った言葉に気がかりな点がある。

Romeo　　　　　But soft, what light through yonder window breaks?

It is the east, and Juliet is the sun.

Arise, fair sun, and kill the envious moon,

Who is already sick and pale with grief

That thou, her maid, art far more fair than she.

Be not her maid, since she is envious.

Her vestal livery is but sick and green,

And none but fools do wear it; cast it off.

(Act 2 Scene 1, 44-51)

ロミオ　　　　　おや！　なんの光だろう、あの窓からさすのは？

あちらは東、するとジュリエットは太陽だ。

昇れ、明るい太陽よ、そして嫉妬深い月を消してしまえ。

あなたのほうが主人の自分より美しいからって、

月はもうあんなに悲しんで、あおざめている。

ねえ、月などに仕えるのはもうおやめなさい、あんな嫉妬

深い女神に。

あの女神のお仕着せは生えない緑色、

道化のほかには着る者がない。脱ぎ捨てておしまいなさい。

（三神訳）

　ここでロミオが囁いた「あの女神のお仕着せは生えない緑色、……脱ぎ捨
てておしまいなさい」と言っているが脱ぎ捨ててしまう緑色のお仕着せの緑

色が気掛かりな言葉である。緑色が関係する「葉緑体」'chloroplast' は「藻類・緑色植物の、葉その他の緑色組織にある細胞小器官。色素体の一種。独自のDNAとグラナと呼ぶ内膜構造を持ち、緑色の葉緑素および黄色のカロテノイドを含有。この中で光合成が行なわれる。」(『広辞苑』)。これを考えるとロミオがジュリエットの庭園で緑色のお仕着せを脱ぎ捨ててしまいなさいと呟いた言葉からすると二人の恋の花は光合成から縁遠い。

　両家の憎しみは 'Mani'(三世紀中頃ペルシャ人Maniが教祖)とする宗教、「善は光明そして悪は暗黒」であると言う二元的自然観の教理を根本とする教えに当てはめられる。キリスト教と仏教の要素も加味しているこの教理が、憎しみ合うモンタギュー家とキャピュレット家における大人達の悪である闇、そして愛し合う両家の子供達の善である光、正に悪である両家の暗黒の世界にロミオとジュリエットは繋がれている。

　光と闇、善と悪の争いはキリスト教ではイエスが救済するが、ロレンス神父が愛し合う二人を両家の憎しみの闇から救い出そうと、計画した二人への約束の場所もまた古来より死人が横たわる、太陽の届かない墓場であった。

　キャピュレット家の墓がある墓地でパリス伯がジュリエットの墓に、花をたむけに来るがその時小姓に向かって 'Under you yew trees lay thee all along, / Holding thy ear close to the hollow ground .' (Act 5 Scene 3, 3-4)「あのいちいの木の下に身を伏せて、うつろな地面のもの音に耳をすましていてくれ」。(三神訳)といういちいはしばしば墓地に植える常緑樹で死のイメージを持つ木である。わが国では北部に自生し幹は直立して約15メートルに達する。樹皮は赤褐色で葉の先端は尖り、材質は密で日本では古来より笏の材料として使われ、庭樹、生垣などにも利用される。キャピュレット家の墓地に植えられていたいちいの木はシェイクスピアのこの劇で不吉な予感を思わせる木で登場していることは間違いない。シェイクスピアの他の作品にもいちいの木は、次のように出てくる。(1) Thy very beadsmen learn to bend their bows / Of double-fatal yew against thy state. (*R2* Act 3 Scene

2, 112-113). 陛下のために祈るべく手当てを受けている祈禱者たちさえ呪わしい櫟^{いちい}の弓を引きしぼってお命を狙おうとし、（小田島雄志訳）。(2) Liver of laspheming Jew, / Gall of goat, and slips of yew / Slivered in the moo's eclipse, (*Mac* Act 4 Scene 1, 26-28). イエスを罵ったユダヤ人の肝臓、山羊の肝、月蝕の夜に手折^{たお}ったいちいの小枝、（福田恆存訳）。(3) My shroud of white, stuck all with yew, / O prepare it. / My part of death no one so true / Did share it. (*TN* Act 2 Scene 4, 54-57). 櫟^{いちい}の枝、経帷子^{きょうかたびら}の胸にさし、着せておくれ、二人とないまことの愛に死ぬものを飾るために。（小田島雄志訳）。

　ジュリエットが仮死状態で横たわっていた墓地に植えられていたいちいの木は死を意味する木であって死から逃れられないロミオとジュリエットの運命を意味するかのように墓地に存在していた。さらに忌まわしいことに、いちいの木の下でうたた寝から目を覚ましたBalthasarが、不吉な夢を見た内容を神父に聞かせている。'As I did sleep under this yew tree here / I dreamt my master and another fought, / And that my master slew him.' (Act 5 Scene 3, 137-139)「このいちいの木の下で寝ていて、夢をみましたが、なんでも主人と誰かとが斬り合って、主人のほうがその人を殺してしまいました」（三神訳）。バルザーはロミオが人を殺した夢を見たと神父に言っているが、バルザーがいちいの木の下で見た夢は、二人の不吉な運命を倍増させるものとなった。

　本来なら、仮死状態であったジュリエットは無事に生還しロミオと結ばれる筈であった。ジュリエットを仮死状態にしてパリス伯との結婚から救いだそうとした神父の計画は、神父の使者の僧Johnの思わぬ不慮の事故からロミオに伝わらず、ロミオはジュリエットが死んだと思い込み毒を飲んで死んでしまう。そこへ仮死状態から目覚めたジュリエットが死んだロミオの後を追い自殺してしまう。この真っ暗な墓場のいちいの木が二人の運命を確証するようにシェイクスピアはいちいの木を入れたのであろうか。

　ロミオとジュリエット二人にわずかに残っていた緑の若芽も十分な太陽の恵みを与えられず枯れて屍となってしまった。この世で二人のいた暗黒の世界とは違って二人の旅立っていった世界は溢れるばかりの朝露が光り輝き、安息に満ちた場所なのだろうか。

　墓場の歌
　　「彼処には墓場の島がある。無言の島が。彼処にはまた、ぼくの青春の
　　墓場がある。彼処にまで、ぼくは生の常緑の葉環を運んでゆこうと思う」。
　　　　　　　　　　　　　　ニーチェ、原田義人訳（1954）：126-127

　すでに述べたようにロミオは、二人の大切な夢をこのニーチェの歌う「墓場の歌」にある新緑という、かけがえのない愛を育もうとしたのではないか。
　富豪の旧家であるにも関わらず、隣同士の憎しみ合いが古くから存在していたモンタギュー家とキャピュレット家、両家の愛し合う二人の恋人達を、大人たちの暗黒の世界から明るい世界へ導こうとしたロレンス神父の計らいは徒労に終わった。薬草の持つ妙なる蜜液は、二人の愛し合う恋の蕾に有益に注がれる事はなかった。神父がかねてより、薬草の効用は良くも悪しくも働き一瞬にして人の命を奪う事もあると言及していたように、二人が出会ってから数日間で若い二人の命を奪う結果を生じさせた。
　一切の善、正義、慈悲、秩序、光明、の源泉であるZoroaster教の最高神‘Ahura Mazda’「アフラ-マズダ」は悪神の‘Ahriman’「アフリマン」と戦い勝利している。世の中が善と悪と二つの原理の闘争であるとする紀元前六世紀にペルシャで起きた宗教Zoroaster教の主張の如くロミオとジュリエットの物語も又、善である愛し合う子供たちに対し悪である憎しみ合う大人たちがいた、これは正に善心と悪心の世界であった。憎しみ合う両家が、その悪心の根源を絶つ戦いに勝ち、善の心を取り戻す為の代償として両家に架せられたロミオとジュリエットの死の犠牲は余りにも悲惨過ぎた。

5

『リア王』

―親を邪険にする娘二人と親孝行な末娘を愛し育てたリア王―

Cordelia Alack, 'tis he! Why, he was met even now,

     As mad as the racked sea, singing aloud,

     Crowned with rank fumitor and furrow-weeds,

     With burdocks, hemlock, nettles, cuckoo-flowers,

     Darnel, and all the idle weeds that grow

     In our sustaining corn. The centuries send forth.

     Search every acre in the high-grown field,

     And bring him to our eye. [*Exit one or more*]

           What can man's wisdom

     In the restoring his bereaved sense,

     He that can help him

     Take all my outward worth.

Doctor There is means, madam.

     Our foster-nurse of nature is repose,

     The which he lacks. That to provoke in him

     Are many simples operative, whose power

     Will close the eye of anguish.

(Act 4 Scene 4, 1-16)

コーディーリア　ああ、それはきっとお父様。ついさきほども
　　　　　　　見かけたものがいます。荒海のように狂い立ち、
　　　　　　　大声で歌い、頭にはのびほうだいの雑草や畦草、
　　　　　　　ゴボウ、毒ニンジン、イラクサ、種付け花、毒麦など、
　　　　　　　私たちのいのちのもとである穀物畑にはびこる
　　　　　　　役立たずの草の冠をかぶっておられたとか。すぐに
　　　　　　　捜索隊を送り、生い茂る麦畑をすみずみまで捜し、
　　　　　　　お父様を私の目の前にお連れして。人間の知恵で
　　　　　　　乱れたお心をもとにもどすことはできないものか。
　　　　　　　なおしてくれたものにはどんなお礼でもします。
医師　　　　　方法はあります、お妃様。
　　　　　　　人間のいのちを養う乳母は休養です、
　　　　　　　それがお父様には欠けておられます。睡眠を誘うには
　　　　　　　さまざまな薬草がありますが、その力を借りれば
　　　　　　　お悩みの目に安眠をもたらせましょう。

（小田島雄志訳。以下も特記しない場合はすべて同じ訳者の訳を使用させて
いただく）（訳を一部変更）

　二人の娘ゴネリルとリーガンに見捨てられた後雑草の冠を頭に載せて嵐が
吹きすさぶ麦畑をさ迷い歩くLear王の惨めな姿を知らされ末娘コーディー
リアは悲嘆に暮れる。かつては周囲の者から敬われ威風堂々と王冠を戴いた
リア王の頭は、今では穀物に混ざって自生し田畑で最も不必要とされる 'fu-
mitor and furrow-weeds'「雑草やあぜ草」など様々な草の冠を戴いている。
それらの雑草は 'burdocks'「ゴボウ」、'hemlock'「毒ニンジン」、'nettles'「イ
ラクサ」、'darnel'「毒麦」等であるがこれらの雑草は、王Learの存在が、二

人の娘ゴネリルとリーガンに取って不必要極まりないことを代弁している。しかし果たしてそうなのであろうか、ここで『リチャード二世』に出てくる雑草をわれわれは思い出す事になる。'You thus employed, I will go root away / The noisome weeds which without profit suck / The soil's fertility from wholesome flowers.'（R2, Act 3 Scene 4, 38-40）「おめえたちがそれをやっているあいだ、おれは厄介者の雑草を引っこ抜いていよう、きれいな花から大地の養分を横どりするふてえやつだからな」（小田島訳）この庭師が言及する厄介者の雑草やきれいな花はやはり老父を邪険にする二人の娘ゴネリルとリーガンそしてきれいな花は親思いのコーディーリアと重なってくる。また『ハムレット』の中でハムレットも嫌な世の中の事を「雑草がのさばる庭」と述べている。'Fie on't, ah fie, fie! Tis an unweeded garden / That grows to seed; things rank and gross in nature / Possess it merely.'（Ham, Act 1 Scene 2, 135-137）「いやだいやだ！　この世は雑草の伸びるにまかせた荒れ放題の庭だ、胸のむかつくようなものだけがのさばりはびこっている」（小田島訳）。

　こういう雑草に混じって 'cuckoo-flowers'「種付け花」が出てくるがこの花の一部を構成している 'cuckoo' には「間抜け、ばか」という意味もある。この 'cuckoo は' 'cuckold' とも結びついている。またフランス語 'cocu' とも結びついている。またこれらの語は「妻を寝取られた男」の意味であり、'cuckoo-flower' はゴネリルとリーガンにあてつけている語であるとも考えられる。というのも彼女達の身持ちの悪さ、つまり夫を持つ身でありながらエドモンドに情欲を抱き一人の男を姉妹で奪いあうといったあさましさと「妻の不貞」が結びついているからである。歪んだ情欲を出すゴネリルとリーガン、さらに彼女たちに対し出世欲の絡んだ愛を捧げるエドモンド、彼ら三人が装う顔は建前だけのもので、人面獣心の彼らの思惑が競い合っている。ゴネリルとリーガンは、子として老いた父リア王に捧げなければならない愛の全てを若いエドモンドに捧げ、彼を我が物にしょうと邪悪な駆け引きをしな

がら老いた父を邪険に宮殿から追い払う。

　年老いた父王を蔑ろにするゴネリルとリーガンの行為は神の怒りに触れるであろう。イスラエル人への主の言葉はゴネリルとリーガンへの言葉とも読める。

Hear the word of the LORD, ye

children of Israel: for the LORD hath

a controversy with the inhabitants of the

land, because there is no truth, nor mercy,

nor knowledge of God in the land.

By swearing, and lying, and killing,

and stealing, and committing adultery,

they break out, and blood toucheth blood.

(*Hosea* 4: 1-2)

イスラエル人よ。

主のことばを聞け。

主はこの地に住む者と言い争われる。

この地には真実がなく、誠実がなく、

神を知ることもないからだ。

ただ、のろいと、欺きと、人殺しと、

盗みと、姦通がはびこり、

流血に流血が続いている。

　父王を邪魔者扱いし宮殿から追い出した彼女たちの行為に対し神は裁く。その裁きはまるで生い茂る毒草のようにゴネリルとリーガンが住む地にはびこるであろう。

For now they shall say, We have no king,

because we feared not the LORD;

what then should a king do to us?

They have spoken words, swearing

falsely in making a covenant: thus

judgment springeth up as hemlock in the

furrows of the field.

(Hosea 10: 3-4)

今、彼らは言う。

「私たちには王がない。私たちが主を恐れなかったからだ。

だが、王は私たちに何ができよう。」と。

彼らはむだ口をきき、

むなしい誓いを立てて契約を結ぶ。

だから、さばきは

畑のうねの毒草のように生いでる。

　しかし何故リア王は、娘たちに宮殿を追い出され雑草の冠をかぶり放浪者の身なりで嵐の中をさ迷い歩く惨めな禍を受けなければならないのだろうか。

　リア王は邪悪な心を持った二人の娘ゴネリルとリーガンから財産欲しさに甘い言葉で丸め込まれるが、末娘コーディーリアは父王への愛情を口先だけの巧みな言葉で表そうとはしない。

　リア王はコーディーリアの飾りのない言葉が自分への「冷たい愛情」と勘違いし怒る。三人の娘の中で最も愛情深く、父親思いの末娘コーディーリアに我が身の不運を喚き散らすのだがその言葉の中には自らの不運と生死が星の動きに関わりがあるのではないかと仄めかしている個所がある。

Lear   For by the sacred radiance of the sun,

     The mysteries of Hecate and the night,

     By all the operation of the orbs

     From whom we do exist and cease to be,

     Here I disclaim all my paternal care,

     Propinquity, and property of blood,

     And as a stranger to my heart and me

     Hold thee from this for ever. The barbarous Scythian,

     Or he that makes his generation

     Messes to gorge his appetite,

     Shall be as well neighboured, pitied, and relieved

     As thou, my sometime daughter.

          (Act 1 Scene 1, 102-13)

リア王 いいか、わしは太陽の聖なる光にかけて、

    暗黒の女神ヘカティの夜ごとの秘儀にかけて、

    われらの生死を司る空行く星の運行にかけて、

    ここにはっきり誓おう、

    わしは父としての心づかいも、血のつながりも、

    きっぱり捨てたぞ、これからは、永久に、

    この身にも、この心にも、おまえはまったくの

    赤の他人だ。おのれの食欲を満たすためには

    親をも食らうと言うあの蛮族スキチア人を

    この胸に抱き、あわれみ、いたわってやるほうが

    まだましだ、かつてわしの娘であったおまえをそうしてや

    るよりはな。

（小田島訳）

　古代のバビロニア、ペルシャ、インド、サラセン、中国などに始まり、中世まで人々の間に信じられていた占星術は、天体、特に惑星の動きに合わせて未来の現象を予言していたといわれている。宇宙の惑星はさ迷い歩く放浪者のような星であることからリア王が娘コーディーリアに 'By all the operation of the orbs from whom we do exist and cease to be,'「われらの生死を司る空行く星の運行」と星の関与を示唆していることを考えると放浪者となったリア王は占星術を信じるようになっていたのかも知れない。

　占星術のことはグロスター伯のセリフにも出てくる。グロスター伯の私生児として生まれたエドモンドは、エドガーが長男で嫡子として生まれたという理由だけで父グロスター伯の全ての権利を与えられる事に腹を立てエドガーに敵意を抱き財産を横取りしようと悪巧みを廻らす。そうとは知らずグロスター伯はエドモンドに次のように不吉な前兆について述べる。

Gloucester　　　These late eclipses in the sun and moon
　　　　　　　　portend no good to us. Though the wisdom of nature
　　　　　　　　can reason thus and thus, yet nature finds itself
　　　　　　　　scourged by the sequent effects. Love cools, friendship
　　　　　　　　falls off, brothers divide; in cities mutinies, in countries
　　　　　　　　discords, palaces treason, the bond cracked between
　　　　　　　　son and father.

(Act 1 Scene 2, 103-109)

グロスター　　　近ごろ続いてあらわれた日食月食は不吉な前兆であったのだ。自然界を知る学者はこれこれしかじかと理屈をつけるが、人間界はたしかにその結果たたりを受けておる。愛情

はさめ、友情はこわれ、兄弟は背を向けあう。町には反乱、
村には暴動、宮廷には謀反が起こる。親子の絆も断ち切ら
れる。

（小田島訳）

　兄エドガーを陥れ父グロスターの遺産を横取りしようと企むエドモンド
は、兄エドガーとの会話の中でも占星術と言う言葉を口にしている。

Edmund 　　　I am thinking, brother, of a prediction I read this
　　　　　　other day, what should follow these eclipses.

(Act 1 Scene 2, 135-136)

エドマンド　　いえね、兄さん、このあいだ読んだ占星術の予言のことを
　　　　　　考えているんですよ、あの日食月食のあとなにが起こる
　　　　　　かって。

（小田島訳）

　星の中でも 'comet'「彗星」は太陽に近づくとガス雲を発生し、明るく輝
くコマ（髪）と尾が観測されその出現が凶兆視された。リア王は不運な星の
もとに生まれていたと言えるのかも知れない。
　不運な星のもとに生まれたとはいえ、余りにも惨い仕打ちを受けたリア王
がたとえに使った「親をも食らうというあの蛮人スキチア人」はゴネリルと
リーガンに対しては相応しい表現であったといえるであろう。しかし末娘
コーディーリアに投げかけたリア王のこの言葉は純真な心を持つコーディー
リアに対しては踏みにじられた花のようで残酷な言葉と言うしかない。リア
王の心には伝わらない寡黙な末娘コーディーリアの心情はリア王の残酷な言
葉と対比する時、我々の心に癒しを与える程親思いで真実がこもっていると

感じる。これまで何事も意のままに振舞えたリア王が二人の娘に追い出され猛威を振るう自然の嵐の脅威に対し成すすべがない自分の無力を悟る。雑草にまみれながら残酷な嵐での苦境を体験し初めて我が身を省みて、末娘コーディーリアの真心に気付くと同時に自分の間違いに気付きコーディーリアに惨い仕打ちで苦しめたことを後悔する。リア王は我が身の悲惨な状況を知って初めて世の中の辛苦を知る。娘達に懐疑心を抱くリア王はデカルトの「考える自己」に出会ったといえる。コギトエルゴスム「われ思う、ゆえにわれあり」。疑うという意識は存在するが惨めな自分の存在を疑う余地がない。余りにも惨い我が身の境遇にリア王は四幕五場で「野草と花の王冠を頭に載せ狂乱の姿でエドガーの前に現れる」。狂乱状態のリア王が頭に載せた冠は、はからずも 'weeds'「雑草」が二人の娘ゴネリルとリーガンを表しそして 'flowers'「花々」は末娘コーディーリアを意味するものであった。

　余りにも不憫な老父に '…i'th' storm i'th' night, Let pity not be believed!'（Act 4 Scene 3, 29-30）「嵐の夜を！この世にあわれみはないのか」と紳士がケントにコーディーリアの泣き叫ぶ様子を説明するが、同じ血を分けた姉妹でありながら余りにも異なった姉妹をケントは次のようにいう。

Kent　　　　　　　　　　　　　　　　It is the stars,
　　The stars above us govern our conditions,
　　Else one self mate and make could not beget
　　Such different issues.

　　　　　　　　　　　　　　　　　　　　　（Act 4 Scene 3, 33-36）

ケント　　　　　　　　　　　　　星のせいだ、天の星が
　　われわれ人間の性質を支配するのだ。でなければ
　　同じ夫婦から生まれた子供たちが、これほどまでにちがうはずがない。

　狂気に襲われた瞬間リア王は地獄のような苦しい胸のうちを野草や花の王冠で無意識に表して二人の娘たちの残酷さに最後の抵抗を試みたのかもしれない。

　残酷なリア王の運命はこれだけで終わることなく更に悲劇が起きた。リア王は五幕三場で最も大切な優しい娘コーディーリアの死体を抱いて現れる。いままでは王として権力を振るう事が出来たリア王であったが、天空に存在する星の動きや吹きまくる嵐など無慈悲な魔力を持つ自然界に対しては抵抗できない現実を、コーディーリアの亡骸を抱く老いたリア王の姿が物語っている。

6

『リチャード二世』

—大地に立ち花に訴えるリチャード二世の苦しい胸中—

King Richard

    Feed not thy sovereign's foe, my gentle earth,

    Nor with thy sweets comfort his ravenous sense;

    But let thy spiders that suck up thy venom

    And heavy-gaited toads lie in their way,

    Doing annoyance to the treacherous feet

    Which with usurping steps do trample thee.

    Yield stinging nettles to mine enemies,

    And when they from thy bosom pluck a flower

    Guard it, I pray thee, with a lurking adder,

    Whose double tongue may with a mortal touch

    Throw death upon thy sovereign's enemies.—

    Mock not my senseless conjuration, lords.

    This earth shall have a feeling, and these stones

    Prove armed soldiers, ere her native king

    Shall falter under foul rebellion's arms.

Bishop of Carlisle

Fear not, my lord. That power that made you king

Hath power to keep you king in spite of all.

Aumerle

He means, my lord, that we are too remiss,

Whilst Bolingbroke, through our security,

Grows strong and great in substance and in friends.

(Act 3 Scene 2, 12-31)

王　　　　　やさしい国土よ、

おまえの主君の敵に食糧を供するな、おまえの生み出す

山野の珍味で、やつらの貪欲な飢えを慰めることはない。

むしろ地中の毒を吸いあげる毒蜘蛛や、鈍重極まる

ヒキガエルなどを、やつらの行く手にのさばらせ、

王位簒奪をもくろむ足どりでおまえを踏みにじる

あの謀反人どもの足を悩ませてくれ。あるいはまた、

刺だらけのイラクサを茂らせて敵どもを苦しませ、

やつらがおまえの胸から花を摘もうとするときは、

そのかげに毒蛇をしのばせて守ってくれ、頼む、

二股に分かれた蛇の舌がひとなめすれば、たちどころに

おまえの主君の敵どもは死に追いやられよう。

諸卿、いのちなきものへの祈りを笑ってくれるな、

この大地とて人の情をもち、この石とて武装兵となって

立ちあがってくれるだろう、その正統の王が

忌まわしい逆賊どもの手にうちひしがれるのを見るよりは。

カーライル　ご心配なさいますな、陛下を王としたもうた天のみ力には

陛下を王として守ってくださる力もあるはずです。

天が与えたもう機会は逸してはなりません、しっかり

　　　　　　　つかむべきです。それを怠って天の欲するところを
　　　　　　　われらが欲せずとせば、せっかくの天の恵み、
　　　　　　　天佑と神助の機会を、みずからなげうつことになります。
オーマール　　司教が言われますことは、われわれがあまりに
　　　　　　　怠慢だということです。われわれの油断に乗じて、
　　　　　　　ボリングブルックは財力、兵力ともに強大になるのです。
（小田島雄志訳。以下も特記しない場合はすべて同じ訳者の訳を使用させて
いただく）

　アイルランドで起きた反乱を治めるための戦に出かけ、久しぶりに自分
の王国に戻った王Richard Ⅱは、自国の大地に立つ嬉しさに溢れていた。
祖国の大地が戦での疲れを癒す力に満ちていたからだ。祖国にたたずむリ
チャード二世の口から大地への思いが一気に、ほとばしる。「敵がおまえの
胸 'bosom' から花を引き抜こうとしたらそれを阻止してくれ」という語句の
'bosom' にはリチャード二世のある特別な心境が表されている。戦に出かけ
る前、リチャード二世はBolingbrokeと Mowbrayの喧嘩の裁きを行なった。
リチャード二世の前で、ボリングブルックはモーブレーがボリングブルック
の叔父グロスター公の暗殺をはかり殺害した謀反人だと訴える。しかしグロ
スター公の殺害にはリチャード二世も関わっていた疑いがあるのだ。そうと
は知らずボリングブルックは次のように訴える。

Bolingbroke　　Further I say, and further will maintain
　　　　　　　　Upon his bad life, to make all this good,
　　　　　　　　That he did plot the Duke of Gloucester's death,
　　　　　　　　Suggest his soon-believing adversaries,
　　　　　　　　And consequently, like a traitor-coward,
　　　　　　　　Sluiced out his innocent soul through streams of blood;

Which blood, like sacrificing Abel's, cries

Even from the tongueless caverns of the earth

To me for justice and rough chastisement.

(Act 1 Scene 1, 98-106)

ボリングブルック　遠隔の地に出向いても、決闘によって証明いたします。

　　　　　　さらに私が断言し、悪逆な彼のいのちをかたにして

　　　　　　立証すべき彼の罪過があります、すなわち、

　　　　　　彼モーブレーがわが叔父グロスター公の暗殺をはかり、

　　　　　　公に敵するものたちの信じやすさに乗じて

　　　　　　これをそそのかし、ついには公の罪なき魂を

　　　　　　血の河に流失せしめたという、卑怯極まる反逆行為です。

　　　　　　グロスター公の血は、神に訴えたアベルの血のように、

　　　　　　もの言わぬ大地の墓穴の底から、私にむかって

　　　　　　正義の裁きときびしい懲罰を求めて叫んでおります。

（小田島訳）

　「叔父グロスター公は、犠牲になったアベルの叫びのように物言わぬ大地の穴から私に向かって厳しい裁判と懲罰を望むと叫んでいます」と王リチャード二世に訴えた。今祖国に戻り大地にたたずむ王リチャード二世は二人を裁いた時、ボリングブルックが訴えた言葉を思い出し後ろめたい気持になったに違いない。罪の無いグロスター公の殺害に加担していたならば、罪の無い善良な羊飼いのアベルが兄カインに殺されたのと同様神からの天罰が下る恐れがある。カインがアベルを殺害した時、神はカインに言った。

And he said, What hast thou done?

the voice of thy brother's blood crieth

unto me from the ground.

And now art thou cursed from the

earth, which hath opened her mouth to

receive thy brother's blood from thy hand;

When thou tillest the ground, it

shall not henceforth yield unto thee her

strength; a fugitive and a vagabond shalt

thou be in the earth.

(*Genesis* 4: 10-12)

そこで、仰せられた。「あなたは、いったいなんということをしたのか。
聞け。あなたの弟の血が、その土地からわたしに叫んでいる。
今や、あなたはその土地にのろわれている。その土地は口を開いてあな
たの手から、あなたの弟の血を受けた。
それで、あなたがその土地を耕しても、土地はもはや、あなたのために
その力を生じない。あなたは地上をさまよい歩くさすらい人となるの
だ。」

　『聖書』のアダムとイブの善良な息子アベルは兄カインに殺された。同様
にグロスター公の殺害にリチャード二世が関わりをもっていたならば、カイ
ン同様祖国を追われさすらい人となる可能性がある。ボリングブルックの訴
えた言葉は、リチャード二世の目の前に広がる大地の底から亡きグロスター
公がリチャード二世に向かって叫んでいる、と考えられる。神の天罰が下る
とすればカインのようにリチャード二世もまた、王国を追われる運命が待ち
構えている事をこの詩は伏線として予示しているに違いない。
　そこでリチャード二世が大地に向かって山野の「珍味」ではなく、地中の
毒すなわちグロスター公の血を吸い上げる「蜘蛛」や、鈍重極まる「ヒキガ

エル」をのさばらせてくれと言っていると考えられる。もし罪に苛まれているとすれば、リチャード二世の大地に対する思いには『聖書』的な願いが隠されていたのかも知れない。

For I am ready to halt, and my sorrow is continually before me.

For I will declare mine iniquity; I will be sorry for my sin.

(Psalms 38: 17-18)

私はつまずき倒れそうであり、私の痛みはいつも私の前にあります。

私は自分の咎を言い表し、私の罪で私は不安になっています。

リチャード二世が発する 'bosom' には次のような意味がある。

'The sons of Edward sleep in Abraham's bosom,' (*R3* Act 4 Scene 3. 38). 「エドワードの子供たちも、今ごろは天国でアブラハムの胸に抱かれて眠っている。」 'In the deep bosom of the ocean buried.' (*Ibid* Act 1 Scene 1, 4). 「今は海の底ふかく追いやられてしまった。」(福田恆存訳)。'Through the transparent bosom of the deep' (*LLL* Act 4 Scene 3, 29). 「大洋の胸底深くさし入らんとする」(小田島雄志訳)。'My bosom's lord sits lightly in his throne,' (*Rom* Act 5 Scene 1, 3). 「この胸のうちの愛の神もきげんがよい」(三神 勲訳)。'I know you are of her bosom' (*KL* Act 4 Scene 4, 26). 「おまえはたしか姉の腹心だったわね？」(小田島雄志訳)。'I will bestow you where you shall have time / To speak your bosom freely,' (*Oth* Act 3 Scene 1, 55). 「御案内いたしましょう、あなたのお気持を遠慮なくお話しになれる場所へ。」(菅 泰男訳)。'O, your desert speaks loud, and I should wrong it / To lock it in the wards of covert bosom,' (*MM* Act 5 Scene 1, 9-10). 「いや、おまえの功績はだれの目にもあきらかだ、それをこの胸の牢獄に閉じこめるとすれば、」 'In that good path that I would wish it go,/

And you shall have your bosom on this wretch,' (*Ibid* Act 4 Scene 3, 130-1).「できるならあなたも分別を働かせ、私の指示に従って動いていただきたい。」（小田島雄志訳）。'But you shall hear ― 'these in her excellent white bosom, these'. (*Ham* Act 2 Scene 2, 112-3).「だが、まあ、先を―『ここに綴る言葉を、その妙なる白き胸に、云々』」（松岡和子訳）。

　記述のように 'bosom' は、広大無辺な海、死後の天国、心の奥底、感情や気分の表現、また巧妙に愛を伝える手段として使用されるなど多様な面を持っていた。だがリチャード二世は胸中に密かに潜ませていた思いの丈を大地に叫び懇願していた、あたかもそれは母の胸に縋り付き苦しさを訴えるかのようで、大地に対する複雑な思いを 'bosom' に込めていたのかも知れない。

　大地を表す 'bosom' から花を引き抜く者がいたら守ってくれという語句の中の 'flower' は儚さや移ろいやすさを表している。

As for man, his days are as grass:

as a flower of the field, so he flourisheth.

For the wind passeth over it, and

it is gone; and the place thereof shall

know it no more.

(*Psalms* 103: 15-16)

人の日は、草のよう。

野の花のように咲く。

風がそこを過ぎると、それは、もはやない

その場所すら、それを、知らない。

　野の花はリチャード二世のようであった、野には容赦なく風が吹きすさび花を枯らして行く、戦から帰還する祖国にリチャード二世を迎えてくれる場所は果たしてあるのだろうか。しかし母の懐を表す大地にはやがて輝かしい

季節が巡ってくる、その思いを大地に語りかけ、救いを求めながら春を待ち
わびるリチャード二世の思いは次のようであろう。

For, lo, the winter is past, the rain

is over and gone;

The flowers appear on the earth;

the time of the singing of birds is come,

and the voice of the turtle is heard in our land;

(Song of Solomon 2: 11-12)

ほら、冬は過ぎ去り、

大雨も通り過ぎていった。

地には花が咲き乱れ、

歌の季節がやってきた。

山鳩の声が、私たちの国に聞こえる。

　大地に語りかけるリチャード二世の言葉は複雑で、王としての優しいい
たわりの言葉も含まれているがそれだけではない。王位簒奪の危険にさら
され大地から 'flower' を「引き抜く敵」という言葉にその思いが込められて
いる。謀反人達の行く手に 'Yield stinging nettles to mine enemies; / And
when they from thy bosom pluck flower, / Guard it, I pray thee, with a
lurking adder,'「棘だらけのイラクサを茂らせて敵どもを苦しませ、やつら
がおまえの胸から花を摘もうとするときは、そのかげに毒蛇をしのばせて
守ってくれ、頼む」と懇願するかのように語りかけている。いま述べて来た
'flower' と共にリチャード二世が王位と命を狙う敵を苦しませてくれと訴え
る 'nettle' イラクサも関わっているがイラクサは多年草で山野ややぶかげに
自生し、高さは40から100cmになる。茎の上部に雌花、下部に雄花がつく。

秋に淡い緑あるいは白色の小花が咲き、茎皮から繊維が取れ糸や織物の原料
となる。若芽は食用にもなる。葉は鋸型で先がとがっていて茎は四角で叢生
し、茎、葉にとげがあり刺さると炎症を起す。

　イラクサの炎症について次のような記述がある。ドイツの化学者Willstät-
ter, Richard（1872-1942）は1905年から7年間チューリッヒ高等工業高校で
教授をしていた時に葉緑素の研究をした。研究に際し多量の緑草を必要とし
たので彼はイラクサを使用したのだが、葉緑素を抽出するために収集したイ
ラクサの棘に学生達が悩まされた。「数グラムの葉緑素をえるために、かれ
は緑草を数百キログラムも使いはたしました。ウィルシュテッターの研究室
では、葉緑素を、たいていイラクサから抽出していたのです。この蟻酸を含
んだ雑草がつめこまれた袋を自分の教授のもとにはこんできた学生たちは、
いつも赤くはれた手をして歩いていましたし、講義のときにもその水腫の
ところをかいていました。」（ミ・エ・イヴィン著、藤川健治訳編（1973）：
262）。

　大地という言葉には、紀元前より苦しい時代を生き抜いてきた男達が共に
言い知れぬ偉大さを抱いていた様子が感じられる。楔形文字で書かれたメソ
ポタミア神話の英雄伝といわれる『ギルガメシュ叙事詩』は最古（古バビロ
ニア時代、前18世紀頃からヘレニズム時代、前3世紀の物語）といわれて
いるが、ギルガメシュもまた、王リチャード二世が戦から帰り大地を慕った
のと同じように、大地に癒されている。香柏の森でギルガメシュと彼の友エ
ンキドゥは森の強者フンババを滅ぼすがその時ギルガメシュは友エンキドゥ
の死に直面する。友の死に恐怖を覚えたギルガメシュは永遠の命を求めて苦
難の旅に出る。その時太陽神シャマシュと次のような会話をするが、疲れ果
てたギルガメシュは大地に横たわることこそが永遠の命と安らぎを得るのだ
と悟っているような大地への思いが汲み取れる。

　シャマシュは狼狽し、かがみ込み、ギルガメシュに語った。

「ギルガメシュよ、お前はどこにさまよい行くのか。

お前が捜し求める生命を、お前は見出せないであろう。」

ギルガメシュは彼、英雄シャマシュに語った。

「荒野を行き来し、歩き回ってからというもの、

大地の中にこそやすらぎが多く、

〔残りの〕すべての年、わたしは〔そこで〕眠るというのでしょうか。」

『ギルガメシュ叙事詩』、月本昭男訳（1996）：211

　時代は違っていてもリチャード二世とギルガメシュは共に戦に疲れ果てた末に安らぎを大地に求めていた。「すべての物語はここから生まれた」最古の物語『ギルガメシュ叙事詩』の中にもそうした大地から受ける安らぎに心を和ませていたと感じる詩がある。

刺〔草や刺藪〕や茨の全体が見えるようになると、

それ（ら）は紅玉髄の実をつけ、

葡萄の房をたわわにし、眺めるに美しかった。

それ（ら）はラピス・ラズリの葉をつけ、

実をつけ、見るも楽しかった。

（前掲書と同じ引用：113）

　大地はあらゆる物を生み出す力に溢れていると共に戦に挑む心も持ち合わせている母のような優しくも厳しい存在でもある。紀元前数千年前から生への執念、そして名誉を勝ち取る戦いがあり、その苦境を乗り越える時に大地の様々な力を知ることによって心を奮い立たせていたのかも知れない。

　リチャード二世は大地の胸から花を摘む者がいたら、花の下に毒蛇を潜ませて守って欲しいと毒蛇 'adder' に訴えるが、罪を犯しながら人を裁いた王の言う事を聞くだろうか。

Do ye indeed speak righteousness,

O congregation? do ye judge uprightly,

O ye sons of men?

Yea, in heart ye work wickedness;

ye weigh the violence of your hands in the earth.

The wicked are estranged from

the womb: they go astray as soon as they

be born, speaking lies.

Their poison is like the poison of a

serpent: they are like the deaf adder that

stoppeth her ear;

Which will not hearken to the

voice of charmers, charming never so wisely.

(*Psalms* 58: 1-5)

力ある者よ。ほんとうに、おまえたちは義を語り、

人の子らを公正にさばくのか。

いや、心では不正を働き、

地上では、おまえ達の手の暴虐を、

はびこらせている。

悪者どもは、母の胎を出たときから、踏み迷い、

偽りを言う者どもは

生まれたときからさまよっている。

彼らは、蛇の毒のような毒を持ち、

その耳をふさぐ耳しいのコブラのようだ。

これは、蛇使いの声も、

巧みに呪文を唱える者の声も、聞こうとしない。

'adder' は王の言う事を聞かなかった、不正の心で人を裁くリチャード二世に神が裁きを下したのだ、*Richard* Ⅱ の結末がそれを物語っている。

7

『コリオレーナス』

—強靭な母が息子に切に望む英雄の花冠—

.

Volumnia

　　—that it was no better than, picture-like, to hang by th' wall if re-
　　nown made it not stir—was pleased to let him seek danger where
　　he was like to find fame. To a cruel war I sent him, from whence he
　　returned his brows bound with oak.

(Act 1 Scene 3: 10-14)

ヴォラムニア

　　——名声がいのちを吹きこまねば壁にかかった絵も同然でしょう——
　　そう考えて、栄誉が得られそうなところには喜んで危険におもむかせ
　　たものです。残酷な戦争にも出してやった、するとあの子は名誉の柏
　　の冠を額にいただいて帰ってきました。

（小田島雄志訳。以下も特記しない場合はすべて同じ訳者の訳を使用させて
いただく）

　Volumnia は愛する我が子 Coriolanus がやがて国のために立派に活躍し英
雄として育つ姿に母としての願いを込めていた。わが子がまだ幼い頃から勇

ましい戦士へと生長する事を信じていたと同時に、男として名誉を得ること
が息子に課せられた当然の義務と考え危険な戦にも息子を喜びをもって行か
せた。そして名誉の柏の冠を額にして戦から帰って来た時の凛々しいわが子
コリオレーナスの姿だけを頭に描いていたに違いない。

今述べた名誉の柏の冠である柏には 'From little acorns come great oaks.'
「小さなどんぐりから大きなオークが生まれる、大物も初めは小物から」『新
英和中辞典』という諺があるが柏には「ドングリの運命を握っているのはカ
シの木で、ドングリ自身ではない。つやつやした実は落ちて土に埋もれ、大
きな仕事は暗闇の中で始まる。」(バーナード・エヴスリン著 (1978)、喜多
元子訳 (1985)：12) という記述もある。この記述にはコリオレーナスと息
子小マーシャス親子の因縁も預言しているように感じられるようなところも
ある。またヴォラムニアが未だ幼かったわが子コリオレーナスの姿を見て小
さなどんぐりに例え、やがて大きな柏になることを確信していたのかも知れ
ない。

コリオレーナスが額にする名誉の柏の冠である柏 'oak' は、ブナ科ナラ属
の落葉高木で高さは15メートルにもなり、大きな葉は鋸の歯のような形と
なる。4〜5月頃黄褐色の花が咲き、樹皮のタンニンは染料、材は強靭で
種々の製品や薪炭になる。英国のものは日本のより大木で材木は堅く家具、
船などに使われる。

柏が戦と関連している事については「オークの環や冠は、元来捕虜となっ
た味方を救った兵士に与えられる褒賞であったが、のちには戦場でのあらゆ
る武勲に対して与えられた」(『イメージ・シンボル事典』) という記述も見
られる。古来より柏は軍人としての名誉を表す木と考えられていた事が判
る。しかしコリオレーナスの妻Virgiliaは、夫コリオレーナスが戦で戦死す
るのではないかと心配し戦に出ることを嫌がるが、その時母ヴォラムニアは
次のように言い切る。

Volumnia　　　Then his good report should have been my son. I therein would have found issue. Hear me profess sincerely: had I a dozen sons, each in my love alike, and none less dear than thine and my good Martius', I had rather had eleven die nobly for their country than one voluptuously surfeit out of action.

(Act 1 Scene 3, 20-25)

ヴォラムニア　　そのときはあの子の名声が私の息子となったでしょう、それをわが子と思ったでしょう。まじめに聞いておくれ、私にたとえ十二人息子があって、その一人一人が同じようにかわいく、おまえの夫であるわが子マーシャスに劣らず大事に思えたとしても、その一人が戦にも出ず酒色に溺れた生活にふけるのを見るより、あとの十一人がお国のためにりっぱに死んでくれることのほうを望みます。

（小田島訳）

　母ヴォラムニアのこうした言葉を考えると、彼女はギリシャ神話のHeraやその娘Heracleaと同じ女戦士の気質を持った女性と考えられる。KronosとRheaとの間に生まれたHeraは、ギリシャ神話の最高の女神であるが嫉妬心が強い。夫Zeusは、数ある息子の中でとりわけHeraklesを愛し、いずれはオリュンポスの神とするつもりであったが、ヘラは夫とAlkmeneとの間に出来た息子ヘラクレスに、敵意を抱き彼を苦しめる為に「十二の難事」を与えたが、彼は次々それを成し遂げ、ヘラクレスの栄光の由来となった。これがヘラクレス神話であるが、それ以前に次のような時代があった。

　訳者は次のように述べている。

　著者バーナード・エヴスリンによれば、この神話は、それ以前の、太古
の母系制社会における「母神信仰」時代の伝説を、男性優位のギリシャ
人たちが勝手に書き変えたもので、ヘラクレスはヘラの娘「ヘラクレア」
を男性化したものだ、という。

B・エヴスリン著（1978）、喜多元子訳（1985）：338

　Bernard Evslin の『ヘラクレア物語』によると、ヘラクレアは、ヘラクレ
スのつげひげと偽の男根を投げ捨て、力強く大地を歩き、男達や怪物どもを
やっつける若くて勇ましい女性である。ゼウスの妻ヘラは夫の度重なる浮
気への復讐として愛の射手、エロスの力を借りて、テーバイの国境で戦闘中
のアンピトリュオンに情欲を抱き彼を誘惑し身ごもる。エロスはゼウスの怒
りを恐れ、ヘラがアンピトリュオンとの浮気で身ごもった子を産んで育てて
は困ると思い、死人をハデスの地下の国へと送る案内役のヘルメスに相談す
る。ヘルメスはヘラに悟られないようにお腹の子が大きく育たない薬を飲ま
せてしまう。やがてヘラは娘ヘラクレアを産むが余りにも小さく醜いために
怒り狂い捨てるように言いつけるが、産婆エイレイテュイアはアンピトリュ
オンの妻アルクメネが丁度良い具合に男児を出産したので、その男児の傍へ
双子として、ヘラの産んだ子ヘラクレアを置いてしまう。その子はアルクメ
ネによって、バラエモアと名づけられて育てられるがやがて娘は、屋敷を出
て一人苦難に立ち向かい、大女へと勇ましく生長して数々の難儀を乗り越え
る女戦士への道を歩むようになったとされている。

　様々な難儀に勇ましく挑むヘラクレアの姿は、息子コリオレーナスを戦へ
と駆り立てるヴォラムニアの言動と重なり、息子を戦場へ出したがらない一
般に見られる母親と違って、勇敢な女戦士の姿がヴォラムニアと重なる。

　ヴォラムニアが「その一人が戦にも出ず酒色に溺れた生活にふけるのを見
るより、あとの十一人がお国のためにりっぱに死んでくれることのほうを望
みます。」と言い切る彼女の強さは太古の母系制社会の血を引いた女性であ

ると言える。彼女の強さは夫の浮気に怒り復讐へと奮い立ち実行するヘラと
も重なる。そういうヴォラムニアが名誉ある柏の冠をかぶる事になった勇敢
なコリオレーナスを育てたのだ。

　戦から柏の冠を額にし、無事帰ったコリオレーナスに友人Meneniusが
喜びの挨拶をする。'That Rome should dote on. Yet, by the faith of men,
/ We have some old crab-trees here at home that will not / Be grafted to
your relish.'（Act 2 Scene 1, 183-186）.「このローマにはすっぱいリンゴの
木のさばっていて、どう接ぎ木してもあなたがたの甘い果実をつけたがら
ぬ。」このすっぱいリンゴ 'Crab apple' といわれるリンゴ 'apple' はバラ科の
落葉高木で、中央アジアが原産で北半球の温帯、冷帯の代表的果実である。
高さは約３〜９メートルで葉は楕円形で、春白色で桜に似た花が咲き甘酸っ
ぱい果実が夏から秋になる。'the apple of discord' の言葉は、ギリシャ神話
では争いのリンゴといわれ 'Trojan War' の原因とされ争いの種とされてい
て花言葉は「誘惑」である。

　ギリシャ神話でヘラクレスに課せられた『十二の難事』の物語で一番難儀
とされたのは、ゼウスの妻ヘラが植えたヘスペリデスの園の金のりんごを三
つ盗ってくる事であった。ところがどこにりんごがあるのかさえ判らなかっ
た。そのりんごは、ゼウスがヘラと結婚した時ガイアからお祝いにもらった
りんごの木で、ヘスペリデスの娘たちに保管させていて、一匹の眠らない龍
が娘たちを助けて番をしているのであって、巨人プロメテウスから聞いたり
んごのあるコーカサスへ行く道はひどく厳しく金のりんごを取ってくること
はヘラクレスにも難儀なことであった。

　『聖書』にもりんごの木での苦しみに関する記述がある。

　　I raised thee up under the apple tree:

　　there thy mother brought thee forth:

　　there she brought thee forth that bare thee.

(*Song of Solomon* 8: 5)

> 私はりんごの木の下で
> あなたの目をさまさせた。
> そこはあなたの母があなたのために
> 産みの苦しみをした所。
> そこはあなたを産んだ者
> が産みの苦しみをした所。

　これら『ギリシャ神話』や『聖書』におけるりんごへの言及を知るとメニーニアスのいうすっぱいりんごはコリオレーナスにおける悲惨な争いを予兆した言葉とも受け取る事が出来る。「町にはすっぱいリンゴがのさばり」というメニーニアスの言葉の中のりんごはローマにおける険悪な争いを象徴する果実となっている。

　『コリオレーナス』で起きている揉め事の一つはローマ市民の穀物を要求する暴動が発端であった。

First Citizen	First, you know Caius Martius is chief enemy to the people.
All	We know't, we know't.
First Citizen	Let us kill him, and we'll have corn at our own price. Is't a verdict?
All	No more talking on't, let it be done. Away, away.

(Act 1 Scene 1, 7-11)

| 市民1 | まず、いいか、ケーアス・マーシャスこそ民衆の第一の敵だ。 |

一同	わかってるぞ、そんなことは。
市民1	あいつを殺し、穀物をこっちの言い値で手に入れる、そういうとりきめだったな？
一同	もう演説はたくさんだぞ、実行だ。さあ、行こう、行こう！

（小田島訳）

　コリオレーナス（ケーアス・マーシャス）を第一の敵と考える民衆はコリオレーナスを殺害しようと暴動を起す計画を立てる。

　民衆の生きる糧であるコーンは「ラテン語のluxuriaは豊作とみだらな人間wanton peopleを表す両方の意味に用いられた」（『イメージ・シンボル事典』）。両方の意味をもつコーンを求める民衆の暴動は正しく 'wanton people の cruelty'「残虐性」も表している。

Coriolanus	Now as I live,
	I will. My nobler friends, I crave their pardons.
	For the mutable rank-scented meinie,
	Let them regard me, as I do not flatter,
	And therein behold themselves. I say again,
	In soothing them we nourish 'gainst our Senate
	The cockle of rebellion, insolence, sedition,
	Which we ourselves have ploughed for, sowed, and scattered
	By mingling them with us, the honoured number
	Who lack not virtue, no, nor power, but that
	Which they have given to beggars.

(Act 3 Scene 1, 68-78)

コリオレーナス　いまだからこそ言うのだ。

　　　　　　　貴族諸卿には申しわけないが許していただきたい。
　　　　　　あの移り気な悪臭を放つ家畜どもに、おれがけっして
　　　　　　おもねったりはせぬことを知らせ、やつらに
　　　　　　おのれの姿を見せてやりたいのだ。もう一度言おう、
　　　　　　やつらを甘やかすことは元老院を荒れ地にすることだ、
　　　　　　せっかくおれたちが丹精こめて耕した沃土に
　　　　　　反逆、不遜、暴動の種を蒔き散らし、その毒麦を
　　　　　　おれたち良質の麦のなかにはびこらせることだ。
　　　　　　おれたちには美徳も権力もあるはずだ、それを
　　　　　　乞食どもにくれてやりさえしなければ。

　　　　　　　　　　　　　　　　　　　　　　（小田島訳）

　コリオレーナスは民衆を 'corn cockle'「ムギセンノウ（畑に生える雑草)」と呼んでいる。ここでも先に述べた 'wanton' と言う言葉が当てはまる 'a wanton growth of weeds'「伸び放題に伸びた雑草」は、暴動を起す民衆と重なっている。ローマ市民のために家族を残し危険も顧みず戦に出かけて行くコリオレーナスにしてみれば、穀物を求め争い事を起すばかりの民衆の行動は、危険な戦に出かけ柏の冠を頭に載せて帰還するコリオレーナスにとって役立たずの「雑草」'corn cockle' のごとく意気地のない人間に見えるのは当然といえる。

　だが戦にはひるむ事のないコリオレーナスも付和雷同する民衆に厳しすぎたためにローマから追放の身となってしまう。追放された後コリオレーナスは敵であったヴォルサイの将軍Aufidiusと手を組み愛する母と妻子の住む祖国ローマを取り戻す計画を企てる。そのことを知った母ヴォラムニアはコリオレーナスの妻とその幼い息子を連れてコリオレーナスの前に、ローマを救って欲しいと嘆願に現れ息子コリオレーナスにひざまずく。その母の姿に

コリオレーナスは動揺し驚きの言葉を発する。

Coriolanus   What's this?

　　　　Your knees to me? To your corrected son?

　　　　　「*He raises her*」

　　　　Then let the pebbles on the hungry beach

　　　　Fillip the stars; then let the mutinous winds

　　　　Strike the proud cedars 'gainst the fiery sun,

　　　　Murd'ring impossibility to make

　　　　What cannot be slight work.

                                        (Act 5 Scene 3, 56-62)

コリオレーナス   なにをなさる？

　　　　母上が私に、いつも叱っておられた息子にひざまずく？

　　　　それなら浜辺の小石も押し寄せる波に跳ねあげられ、

　　　　月の面を打つがいい。傲れる杉の大木も荒れ狂う風に

　　　　吹き飛ばされ、燃える太陽をたたき落とすがいい。

　　　　不可能の文字を抹殺し、いかなる至難の業も

　　　　可能にするがいい。

                                        （小田島訳）

　コリオレーナスが言った「傲れる杉の大木」'the proud cedars' は杉科の常緑針葉樹で日本では特産である。アジアの各地に広く植林され、幹は直立して約50メートルにも達し、芳香がある。樹皮は褐色、繊維質、強靭で幹は赤褐色で、腐敗に強い、又虫もつきにくい。老木はこぶが多い、葉は小枝に集まり線状鑿形で早春雌雄花を同じ株につける。雄花は米粒大である。黄褐色の丸い実がなり、鱗状の片の間に種を生じる。材は木理がまっすぐで、

柔らかく、油気があり、家具、戸棚、桶、樽などに使用される。樹皮は屋根を葺くのに用い、葉は線香の材料となる。木材は腐りにくい為、神事に用いられ長寿命で天然記念物の大木も多い。『聖書』にも大きな木の代表として出ている。

And he spake of trees, from the

cedar tree that is in Lebanon even unto

the hyssop that springeth out of the wall:

he spake also of beasts, and of fowl, and

of creeping things, and of fishes.

(1 Kings 4: 33)

彼はレバノンの杉の木から、石垣に生えるヒソプに

至るまでの草木について語り、獣や鳥やはうものや魚

についても語った。

　どんなに勇敢なコリオレーナスも母には抵抗し難く母は彼にとって力強い杉の木のような存在であったのであろう。杉の木の力強さは、国の繁栄と豊かさを表し、人々の安全な生活のための家の梁として『聖書』にも 'The beams of our house are cedar, and our rafters of fir.' (Song of Solomon 1 : 17)「私たちの家の梁は杉の木、そのたるきは糸杉です。」'That the king said unto Nathan the prophet, See now, I dwell in an house of cedar, but the ark of God dwelleth within curtains.' (2 Samuel 7 : 2)「王は預言者ナタンに言った。《ご覧ください。この私が杉材の家に住んでいるのに、神の箱は天幕の中にとどまっています。》」という記述がある。また杉の木はイスラエルの大地でも根をはりイスラエルを象徴し、豊かな実りの期待をもたらしている。

Son of man, put forth a riddle, and

speak a parable unto the house of Israel;

And say, Thus saith the Lord

GOD; A great eagle with great wings,

longwinged, full of feathers, which had

divers colours, came unto Lebanon, and

took the highest branch of the cedar:

He cropped off the top of his

young twigs, and carried it into a land of

traffick; he set it in a city of merchants.

(Ezekiel 17: 2-4)

人の子よ。イスラエルの家になぞをかけ、たとえを語り、

神である主はこう仰せられると言え。

大きな翼、長い羽、

色とりどりの豊かな羽毛の大鷲が、

レバノンに飛んで来て、

杉のこずえを取り、

その若枝の先を摘み取り、

それを商業の地へ運び、

商人の町に置いた。

　シェイクスピアの作品では杉がある人間的な資質を表していることがある。例えば彼のある詩では 'The cedar stoops not to the base shrub's foot, / But low shrubs wither at the cedar's root. (Luc, 664-665)「糸杉は卑しい灌木の足もとにひれふしはしない。低い灌木が糸杉の根元で枯れしなびるのです」(高松雄一訳) とうたっている。

　ここで歌われている糸杉は息子コリオレーナスだけではなくて息子に頭を下げローマを救って欲しいとひざまずく母親ヴォラムニアをも象徴する木のように感じられる。

　しかし母に抵抗出来なかったコリオレーナスはヴォルサイの将軍オフィーディアスに殺されてしまう。

　コリオレーナスの幼い息子小マーシャスは力みなぎる英雄としての父コリオレーナスの姿を見て育った、そして祖母ヴォラムニアがローマと家族の安全のために己のプライドを捨て毅然と息子にひれ伏す姿も目のあたりにして来た。小マーシャスはこのような父や祖母の姿に何を感じたのであろうか。しかし小マーシャス自身は何も語っていないが、かつて父コリオレーナスが柏の冠を額にしながら凛々しく戦から帰って来た姿も目に焼き付けていたことであろう。ドングリほどの小粒の小マーシャスの心は正に土の中に埋もれたドングリのように暗闇の中にあった筈である。やがて父コリオレーナスのように勇敢な戦士となる可能性は否定できない。父コリオレーナスの無念の思いと母や祖母の嘆く姿を目にしながら、家族の絆の有り方と戦を勝利へと導くために、勇気と賢さを持たねばならないと知ったに違いない。必ずや父の仇を遂げる時がくることを小マーシャスの無言の言葉が物語っている。

8

『あらし』

―花と音楽に包まれた孤島で生まれた無垢な恋の花―

Ariel　　　　Where the bee sucks, there suck I:

　　　　　　In a cowslip's bell I lie;

　　　　　　There I couch when owls do cry.

　　　　　　On the bat's back I do fly

　　　　　　After summer merrily.

　　　　　　Merrily, merrily shall I live now

　　　　　　Under the blossom that hangs on the bough.

(Act 5 Scene 1, 88-94)

エーリアル（歌う）

　　　蜂と一緒に蜜を吸い

　　　九輪草の花に寝ね

　　　梟の声が子守唄

　　　蝙蝠の背に跨がりて

　　　楽しく夏を追い求め……

　　　来る日来る日を楽しく過ごす

　　　枝もたわわの花の下にて

（福田恆存訳。以下も特記しない場合はすべて同じ訳を使用させていただく）

　妖精 Ariel がたわわに咲く 'cowslip's bell'（English primrose）「黄花九輪
さくら」の花の中で眠ると陽気に歌う 'cowslip's bell' は、Miranda とナポリ
の王子 Ferdinand の愛の目覚めを意味深に歌っているようだ。この二人の出
会いは嵐に遭遇したナポリ王 Alonso とその王子ファーディナンド達がミラ
ンダの住む島に漂着したことから始まっている。この島はかつてミラノ公
で今は魔術の達人となった Prospero とその娘ミランダが12年前にプロスペ
ローの領地から弟 Antonio とアロンゾーによる悪巧みの計略にはまり追放さ
れて以来住んでいる島である。ミランダは12年前から父親プロスペローと
二人だけでこの島で生活してきたので、父親以外の男性を未だかつて見たこ
とが無い。ミランダは王子ファーディナンドの気品に満ちた美しさに一目ぼ
れする。また王子ファーディナンドも純真無垢なミランダに夢中になる。二
人とも今までに経験した事の無い異性への愛が一気に迸る。

　ミランダの住むこの島では花々が開花しているだけでなくここに出てくる
花は音楽とも結びついている。いつも音楽が奏でられ妖精エーリアルが姿を
隠し美しく歌う歌が二人の恋を一層幻想的な雰囲気で包み込み、二人を陶酔
の世界へと誘っていく。

　嵐に遭遇しこの島に打ち上げられたファーディナンドは何処からともな
く聞こえてくる音楽に不思議がる。'Where should this music be? I'th' air
or th'earth? / It sounds no more; and sure it waits upon / Some god o'th'
island. Sitting on a bank, / Weeping again the King my father's wreck, /
This music crept by me upon the waters, …Thence I have followed it—
/ Or it hath drawn me rather. But 'tis gone. / No, it begins again.'（Act 1
Scene 2, 390-394, 396-397）「何処から聞えて来るのだ、あの楽の調べは？
空からか、それとも地下からか？　もう聞えない、あれはきっとこの島の神
に捧げるものだろう。渚に蹲り、父君の難船を歎いていたのだが……それか

ら、俺はその音の跡を追って——というより、それが俺をここまで誘き寄
せたのだ。が、もう何も聞えない……いや、また聞えて来た」。そこへ美し
いミランダがファーディナンドの前に現れた 'Most sure the goddess / On
whom these airs attend.' (Act 1 Scene 2, 423-424)「そうだ、あの歌の調べ
は、この女神に捧げられたものに違い無い……」(福田訳)。妖精エーリアル
が奏でる歌のおかげで何時も島が心地よい音楽に満ちていることは、ファー
ディナンドだけではない、あの半獣半怪物Calibanでさえその音楽につい
てこう述べている。'Be not afeard. The isle is full of noises, / Sounds, and
sweet airs, that give delight and hurt not.' (Act 3 Scene 2, 138-139)「怖が
る事は無いよ——この島はいつも音で一杯だ、音楽や気持の良い歌の調べが
聞えて来て、それが俺たちを浮き浮きさせてくれる、何ともありはしない」
(福田訳)。

　『あらし』における音楽の魅力は、ルネッサンスの時代背景と関連してい
る。「カスティリオーネの『宮廷人』(1528年)からも知られる通り、音楽
を実践的に修得することは貴族の教養の欠くべからざる一環と考えられて
いた。イギリスのヘンリー八世や、マドリガーレの作曲家ジェズアルドら
に見られるように、王侯貴族のなかに、専門家と同等ないしはそれ以上に
音楽をよくする人が現れたのも故なきことではないだろう」。(高橋浩子他
編著 (1996):65)。また音楽だけではなく当時の宮廷風恋愛とも関わりが
あるが、王子ファーディナンドとミランダの恋はこの時代独特の「宮廷風恋
愛」的要素とはいささか異なる展開を見せている。ヘンリー八世の六人の妻
たちの中には王以外の男性との姦通を理由に処刑された妻が二人も存在して
いるが、中世文学における宮廷風恋愛を分析したイギリスの英文学者C. S.
Lewis (1898～1963) が「宮廷風恋愛」における四つの特徴として 'Humility'
'Courtesy' 'Adultery' 'Religion of Love'「謙遜、礼儀、姦通、愛の宗教」(*The
Allegory of Love*: 1958) をあげているが二人の愛には「姦通」は無縁であ
り王子ファーディナンドとミランダの恋愛は初々しい爽やかさに溢れている。

　もともと花という言葉は 'sexual' な、ものを感じさせる語句である。エーリアルが歌った 'cowslip's bell' は *Hamlet* の中で使用されオフィーリアがフランスに留学する兄レアティーズに忠告する場面で 'Himself the primrose path of dalliance treads / And recks not his own rede.'(*Ham.*, 1, iii, 50). 「ご自分は身をもちくずした放蕩者のように歓楽の花咲く道を歩んでご自身の教えを忘れてしまう、そんなことはないかしら？」(小田島雄志訳) と述べるセリフの中に出てくるが 'primrose' は 'the primrose path' 「歓楽の道、快楽の追求、放蕩」など性的な意味が含まれている。また *Macbeth* では、門をたたく激しい音に門番は 'I had thought to have let in some of all professions that go the primrose way to th'everlasting bonfire.' (*Mac.*, II, iii, 19). 「この消えずの篝火めがけて、花咲く小道を、うつつぬかして歩いて来やがる手合いは、誰でも商売かまわず、二人三人と、かたっぱしから入れてやろうってつもりだったがな。」(福田訳) と言っている言葉に表されている。

　王子ファーディナンドとミランダの恋を妖精エーリアルが 'cowslip' の花を含めて表現し、二人が 'cowslip's bell' の花の下で暮らすことを伝えながら、そこに音楽を添えて二人の恋の爽やかさとエーリアルがシェイクスピアの代弁をしたかったのかも知れない。トマス・モアもユートピアの中で音楽と肉体の快楽について述べている。「肉体の快楽は二種類にわけ、その第一は、五感を通じてはっきりした甘美な快楽で満たしてくれるものだとします。……消耗した器官を蘇生させる場合、つまり、そういう器官が飲食によって元気を取りもどす場合に生じます。……また肢体の重荷になっているものをのぞいてやるのでもないのに、快楽が生じることがあります。それは、たとえば音楽から生まれてくる快楽のように、われわれの五感を、見えぬ秘められた力で、しかしまぎれもない興奮状態におちいらせる、刺激し、感動させ、そしてそこにひとを引きよせるような快楽です。」(トマス・モア著、澤田昭夫訳 (1978)：176) と述べているようにエーリアルの奏でる音楽の力が二人の恋に刺激を与えているのは確かである。

　文学作品に見られる 'flower' という語には 'sexual' 的な感じをともなうものが多く見られる。これは花の持つ特性であろうか。特に若い未婚の女性を表す表現に使用されている 'flower' にはその特性が顕著に見られる。例えばシェイクスピアでは 'the flower of England's face, / Change the complexion of her maid-pale peace / To scarlet indignation,' (*R2.*, III, iii, 96-98).「このイングランドの花の顔も醜く汚され、処女の白さの平和の顔色は憤怒の真紅に変わり、」（小田島雄志訳）。戦の最中でさえイングランドのうら若き女性を忘れずに心を託している。

　人の花のイメージの中には花＝女性という性的意味が含まれているようだ。Amy M. Kingの著書をTLSで評したAlison Stentonによると植物の「開花期」がイギリス文学に現れた結婚適齢期の女性と関連している。

> In Bloom: *The botanical vernacular in the English novel*, Amy M. King restores to awareness the reasons why the botanical vernacular of "bloom" is an instantly recognizable sign of a marriageable girl, indeed a girl about to be married, in the nineteenth-century English novel. TLS, (May 7 2004, 27).

　人間が愛し合い結婚するシステムと植物の花粉受精とがそれぞれ子孫繁殖のシステムを備えていて、花と女性の開花時期に注目し未熟な状態から成熟し開花するまでの微妙に変化する過程を論じる研究は興味深い。

> King suggests that Linnaeus's taxonomies of plants – and in particular his "sexual system" of plant classification which focused on the flower as the site of reproduction – provided a fertile lexicon in which both people and plants "court" and "marry." (*Ibid*).

　人間と植物双方の生み出す様々な姿が文学においてある種の刺激を提供してくれているのは確かである。

　妖精エーリアルが歌う 'Where the bee sucks, there suck I.' 「蜂と一緒に蜜を吸い」のようにミツバチが花の蜜に誘われるのと同様、文学においては、花の持つ甘美な優しさとほのかな香りは官能的な女性を意味し男性の心を惑わせるものとして見られるようだ。植物の花と女性という言葉には、心地よい響きが存在しているのかも知れない。

　王子ファーディナンドとミランダの恋を妖精エーリアルが奏でている場面には、宇宙の神秘、音楽、花、の存在と人間の恋の出会いが見られる。ファーディナンドに出遭うとたちまち恋に目覚めたミランダはその出会いを知ったと考えられる。この時のミランダは花が開花期を待つ時期と少女の生育過程においてやがて訪れる成熟期との類似点といえるのであろう。文学における女性の愛について次のような記述がある。

> If a story of bloom signified a woman at her sexual peak, ready and willing to marry by the end of the book, it was supported by a broader discourse of landscape aesthetics which signposted the courtship plot. (*Ibid*).

　無人島で父親以外他の男性を知らない生活をしていて、そこへある日突然現れたファーディナンドに出遭ったミランダの性が一気に目覚めてしまう様はまるで開花期を待ち構えていた花が一瞬に開花したのとパラレルな関係にあるといえるであろう。

9

『恋の骨折り損』

―乱れ恋は春に咲く―

Spring (*sings*)

When daisies pied and violets blue,

　　And lady-smocks, all silver-white,

And cuckoo-buds of yellow hue

　　Do paint the meadows with delight,

The cuckoo then on every tree

Mocks married men, for thus sings he:

　　　　Cuckoo!

Cuckoo, cuckoo―O word of fear,

Unpleasing to a married ear.

(Act 5 Scene 2, 879-887)

春　　　　まだらな雛菊、紫 菫
　　　　白銀色のタネツケバナに、
　　　　黄金色したキンポウゲなどが、
　　　　色とりどりに牧場を飾ると、

　　　　そこここの木でカッコウドリが

　　　　寝とられ亭主をばかにして歌う、

　　　　カッコー、

　　　　カッコー、カッコー、カッコー悪いと

　　　　言われちゃ亭主はつらかろう。

（小田島雄志訳。以下も特記しない場合はすべて同じ訳者の訳を使用させて
いただく）

　春の歌として歌われている 'daisies pied'「まだらな雛菊」は 'Michaelmas
daisy'「シオン属の植物、ウラギクなど」'Shasta daisy'「シャスタ菊」等の
種類がある。

　'Michaelmas' は 'Michael' にちなんでいると一般に考えられている。
'Michael' に関して宗教的なことを言うと大天使（Michael）は、三大天使
（Michael・Gabriel・Raphael）内の一人の天使である。ミカエルにちなんだ
この花は、白衣の天使と言われるように、比喩的に言うと、ミカエルは、優
雅で清楚と言う感じを伴っている。

　天使の九階級は次のとおりである。

　　上からseraphim, cherubim, thrones; dominations, virtues, powers; prin-
　　cipalities, archangels, angels,（virtues, と principalities, が入れ替わるこ
　　ともある。）（『新英和中辞典』参照）

　この『恋の骨折り損』でもキューピットと言う言葉が出てくる。田舎者コ
スタードが、恋文を届ける役を演じ恋の使者キューピットとして、恋する者
の取り持ち役をする。本来天使の持つ意味は神と人間との絆を結ぶものであ
る。「天使は神の使者として天界から人間界に派遣され、神と人間との仲介
をなし、神意を人間に伝え、人間を守護するというもの。」『広辞苑』。また

「ケルビム」'cherubim' は、九天使の第二位で知識をつかさどる天使である。この劇の中でも、巧みな知恵を使って役者達が言葉のやり取りをふんだんに披露している。天使は通常丸々と太った愛らしい姿で表現されているが、劇の中の三幕一場でコスタードがモスに向かって「肉のかたまりさん、ちびっ子さん。」と言う場面が有る。またモスやアーマードも「まんまる豚が顔出した、」などと言う言葉が良く使われている。これらはまるまる太った天使を意識して使われているように感じられる。

'Michaelmas daisy' はミカエル祭のころ咲く花で、シオン属のウラギク、ハマシオン 'wild aster'、ゆうぜんきく、などの植物である。'Michaelmas' は大天使 'ST.Michael' の祝日で９月29日であるが、イングランド、ウェルズ、北アイルランドでは 'quarter day' の一つである、'Lady day'〔３月25日〕となるのでシェイクスピアはこの雛菊を春の花としてこの歌の場面、「春」の中で使用したと考える。

'Shasta daisy' はフランスギクとハマギクの交配種である。この春爛漫の季節に其処彼処で咲き乱れる交配種の花はこの劇で歌われている春に相応しいのである。

'lady-smocks' は 'cuckoo flower' とも言われる、「種漬け花」、また「田芥」たがらし、の異名を持つこの花は、キンポウゲ科やアブラナ科の越年草である。種漬け花は、湿地に生えキンポウゲに似た黄色の花を咲かせるが有毒植物でもある。田芥は、たんぼや水辺に生え白い花を咲かせる。これらの花は種籾を水につける春頃、花が開くのでこれもこの春の歌に相応しいのである。意味としては、カッコウの鳴き声、まぬけと言う意味を持つ、'lady-smocks' の 'lady' と言う言葉は何故か、春に相応しい言葉である。この『恋の骨折り損』は恋の駆け引き、恋愛事件を扱っている。ここに出てくる 'lady' と言う言葉は古今東西、恋愛に欠かせない言葉であり、この言葉は、'love affair'（恋愛事件、情事）と言う言葉に付きまとっている。そこでこの春の場面でも、あえてこの 'lady' と言う言葉が使われたのであろう。

'lady-smocks' には 'Cuckoo-buds of yellow hue' と言う言葉が続いている。これらは何か関係しているのであろうか。'Cuckoo-buds of yellow hue'「黄金色したキンポウゲ」はカッコウ鳥とも呼ばれている。

OED によるとカッコウ鳥は 'Migratory bird with characteristic cry, depositing its eggs in nests of small bird (unwanted intruder)' と説明されている。カッコウ鳥は自分の卵を他の鳥、モズ、ホオジロ、オオヨシキリ、オナガ、の巣の中に生みそれぞれの親鳥に雛を孵してもらう鳥、人間で言えば生みっぱなしで子育て放棄である。牧草地が色とりどりの草花で覆われ、花も鳥も人間も心浮き立つ春という季節、カッコウ鳥が産んだ卵を自分の卵のように大事に温める、その鳥達は、人間世界のある状況を伝えてくれている。おそらくシェイクスピアはそのことを感じて、'Cuckoo' を繰り返すと共に、'O, word of fear' と表わしただけでなく、'Cuckoo' の発音は言うまでもなく、'Cuck-old' の発音に類似しておりシェイクスピアがここで 'Cuck-old' を連想していた事は間違いないであろう。'Cuck-old' は、「不貞な妻を持った夫、妻を寝取られた夫」を意味する。さらにこの言葉には、軽蔑的 'Pejorative' な、意味が付きまとう。また不貞の妻 'unfaithful wife'、夫を欺く 'cheat on her husband'、不義を犯す 'commit adultery' 妻であり、こう言う妻には、「夜現れる魔女」と言う言葉が連想されるであろう。「夜現れる魔女」'Succubus' とは、*OED* では、'Female demon supposed to have sexual intercourse with sleeping men.'（睡眠中の男と情交すると思われている魔女）である。男性が女性を襲うと言う事はよく耳にする言葉であるが、女性が男性を襲うとは、まさに「男性のような」'Masculine' と言う言葉が相応しい魔女である。

ギリシャ神話の中にもアガメムノンの妻が不義を働いた話が出てくる。

　ギリシャ軍の総大将として弟の復讐戦に加わったアガメムノンは、不運な成行きとなりました。その留守中に妻のクリュタイメストラは不義を

していたので、いよいよ彼が帰って来るとなった時、彼女は密夫のアイ
ギストスと謀って彼を亡き者にしようと企み、その帰着の祝宴で殺しま
した。

ブルフィンチ作（1855）、野上弥生子訳（1983）：301

　紀元前数千年前から男と女の間には、愛憎事件から逃れられない定めがあ
るようだ。この事を考えると、その夫だけをあざ笑っているかのようなカッ
コウの鳴き声は、男女を問わず、自制心に欠け恋愛に溺れ、情欲に狂い、羽
目をはずす愚かな人間への戒めの表現ともとれる。

　様々な花が咲き乱れ、又、美しい羽や鳴き声で周囲を楽しませてくれる
鳥もいれば、カッコウ鳥のようなチャッカリ者の鳥もいる。人間も十人十
色、人それぞれ恋に対する好みや接し方が違い、様々な恋に落ち、様々な恋
の花を咲かせる。『夏の夜の夢』で妖精の王オーベロンが、妻の妖精の女王
タイテーニアと喧嘩をし、その仕返しをしようと、いたずら好きなパック
に 'Love in Idleness'（野生三色すみれ wild pansy『英和大辞典』）の花を摘み
に行かせる。この花の汁は 'Love potion'「ほれ薬」となり妻の眠っている間、
目に振り掛けられると目を覚ました時、最初に見たものを好きになってしま
う。オーベロンはパックに命じて妻のタイテーニアの目にほれ薬を掛けさせ
た。『夏の夜の夢』の中では、公爵の結婚式の夜行われる芝居を演じるため
に、ボトム、クインス、他数名の者が森の中で、芝居の練習をしているが、
その直ぐ近くにタイテーニアが眠っている。そこへ居合わせた、いたずら好
きのパックが、機織工のボトムの演技が余り下手なので、ボトムの頭にいた
ずらをして、ロバの頭をかぶせてしまう。その結果、タイテーニアは、目を
覚まして最初に目にした機織工のボトムを好きになり追い掛け回す。いたず
ら好きのパックに妖精の王オーベロンが頼んだように、春の恋が咲き乱れる
時期、夫婦喧嘩の度に世の夫達が愛のキューピットの神秘に包まれた矢の先
に 'Love in Idleness' の汁を塗り、その矢をお互いのハートに射るように頼

んだなら更に不思議な恋の花が咲き乱れることであろう。

10

『終わりよければすべてよし』

―自分を嫌う夫の子をみごと身籠もるヘレナの知恵―

Lafeu	No, no, no, your son was misled with a snipped-taffeta fellow there, whose villainous saffron would have made all the unbaked and doughy youth of a nation in his colour. Else, your daughter-in-law had been alive at this hour, and your son here at home, more advanced by the King than by that red-tailed humble-bee I speak of.
Countess	I would a had not known him. It was the death of the most virtuous gentlewoman that ever nature had praise for creating. If she had partaken of my flesh and cost me the dearest groans of a mother I could not have owed her a more rooted love.
Lafeu	'Twas a good lady, 'twas a good lady. We may pick a thousand salads ere we light on such another herb.
Lavatch	Indeed, sir, she was the sweet marjoram of the salad, or rather the herb of grace.

Lafeu	They are not grass, you knave, they are nose-herbs.
Lavatch	I am no great Nebuchadnezzar, sir, I have not
	much skill in grace.

(Act 4 Scene 5, 1-21)

ラフュー	いやいや、ご子息に道をあやまらせたのは、あのペラペラの薄絹野郎です、あの毒サフランにかかったら、国じゅうの花も蕾の若者たちがみんな黄色に染められてしまうでしょう。お嫁御がいま生きていらして、ご子息がこの家においでなら、王のお引き立てを受けていたはずです、あの尻尾の赤いマルハナ蜂に引きおろされる以上に。
伯爵夫人	あんな男と知り合わなければよかったと思います、おかげでかつてこの世に生まれたこともないほどのりっぱな娘を死なせてしまいました。あれが私の血を分けた子であり、私に生みの苦しみを味あわせた娘であったとしても、私はあれ以上深く愛することはできなかったでしょう。
ラフュー	まったく、りっぱなご婦人でした。サラダ菜を一千本摘んでも、あのような一本にはめぐり会えますまい。
道化	まったく、あの人は野菜で言えば甘いマヨナラだったよなあ、と言うより、恵み草と呼ばれるヘンルーダだ。
ラフュー	それはどちらも野菜ではないぞ、ばか、香りをかぐ草だ。
道化	おれはネブカドネザー大王じゃないんでね、草をかぎ分けるこつは知らないんだ。

（小田島雄志訳。以下も特記しない場合はすべて同じ訳者の訳を使用させていただく）

Roussillon 伯爵の未亡人の息子 Bertram を密かに恋している Helen は自分

とは余りにも身分不相応なバートラムへの恋に悩む。ロシリオン伯爵夫人は孤児となったヘレナを我が子として面倒をみているが気立ての良いヘレナに我が子以上に深い愛を注いでいる。あるとき夫人はヘレナが息子バートラムに恋をしていることに気付きバートラムと結婚させたいと願うが当のバートラムはヘレナをどうしても好きになれず結婚を拒む。

　ヘレナの亡くなった父親は、現在のフランス王の今は亡き父の侍医であったが、ヘレナの父は他の医者に比べ、ずば抜けて優秀な医者であった。

　ヘレナは六ヶ月前に亡くなった父から遺言として託されたものを保存している。それは最高の治療法としてまとめあげた処方箋であって、もはや絶望視されている王の難病を、父の残してくれた治療法でヘレナが治したいと願うが、それは王に仕えている、愛するバートラムの為を考えてのヘレナの思いである。

　ヘレナはパリの宮廷に出向いて王に治療を申し出るが、王に老貴族Lafeuはヘレナが優秀な医者として知られていた医者の娘だと報せるのだが、医者でもない小娘に病を治すのは無理だと拒む。結局ヘレナは王に拝謁することを許され王と対面するのだが ヘレナの賢い言動や物腰に、王は病んだ身を託そうと決心し、結局ヘレナの治療のおかげで病気が完治する。これに気を良くした王は、ヘレナがバートラムを愛していることを知り、またバートラムとの結婚を快く承認し、出来るだけの援助を約束する。

　王は即刻バートラムに恋い慕うヘレナとヘレナを毛嫌いするバートラムに、神父の前で無理やり結婚の誓約を交わさせる。しかしバートラムはこの結婚が嫌でたまらず結婚の初夜に家臣Parolesに 'O my Paroles, they have married me. / I'll to the Tuscan wars and never bed her.' (Act 2 Scene 3, 269-270)「ああ、ペーローレス、おれは結婚させられたんだ！　すぐにもトスカナの戦場へ行こう、あの女と寝る気はない」（小田島訳）という。バートラムはヘレナ宛てに次のような手紙を残しイタリアの戦場へと旅立つかのように見せかけて逃げて行く。

Helen　　　　　Look on his letter, madam: here's my passport.

　　　　　　　　　　「*She*」 *reads aloud*

　　　　　　　'When thou canst get the ring upon my finger, which

　　　　　　　never shall come off, and show me a child begotten of

　　　　　　　thy body that I am father to, then call me husband;

　　　　　　　but in such a "then" I write a "never".'

　　　　　　　　　　　　　　　　　　　　　　　　(Act 3 Scene 2, 56-60)

ヘレナ　　　　　お母様、これがあのかたのお手紙、私の旅行許可証です。

　　　　　　　（読む）「おまえが私の指から決して抜けるはずのない指輪

　　　　　　　を手に入れ、おまえの胎（はら）から私を父親とする子供を生んで

　　　　　　　みせるときがくれば、私を夫と呼ぶがいい。だがそのよう

　　　　　　　なときは、決してこない、と書いておく」

　　　　　　　　　　　　　　　　　　　　　　　　　　（小田島訳）

　ヘレナはバートラムが自分との結婚を嫌がり戦場へ行ってしまったこと
を知りバートラムに申しわけないと巡礼の旅に出て巡礼先から伯爵夫人宛
てに手紙を出す。'I am Saint Jaques' pilgrim, thither gone. / Ambitious
love hath so in me offended / That barefoot plod I the cold ground upon /
With sainted vow my faults to have amended.'（Act 3 Scene 4, 4-7）「私は
聖ジェークィーズ様の巡礼となって旅に出ます。身のほどを知らぬ恋に溺れ
た罪はあまりに重すぎます、それを償うべく、冷たい地面を素足で踏みなが
らお参りに行くと、誓ったのです」（小田島訳）。その便りを受け取った後、
伯爵夫人はヘレナが巡礼先で死んだものと思い込み、老貴族Lafeuに、バー
トラム付きの家臣ペーローレスが息子を唆し戦場へと狩り立てたので、それ
を苦にヘレナが巡礼先で死ぬはめになったのだ、と口惜しい思いを告げる。

　老貴族ラフューは「サラダ菜一千本摘んでも、あのような一本にはめぐり会えまい」と並のサラダ菜と違う一本のサラダ菜にヘレナをたとえているし、また道化Lavatchもヘレナをみずみずしい青々とした草や野菜である「甘いマヨナラ」'the sweet marjoram' や「ヘンルーダ」'herb of grace' に例えている。今述べたヘンルーダを表す英語 'herb of grace' の 'grace' は「優美、優雅、気品、上品」などの意味があるので動作や物言いなどが優美で気品に溢れているヘレナを表す言葉になっている。この 'grace' はまたギリシャ神話の 'the three Graces'「三美神」とも結びついていて「輝き、喜び、開花」を表していてヘレナのイメージとも結びついている。

　真面目で気品に満ちた心を備えたヘレナは自分とは不釣合いのバートラムとの結婚を無理強いした結果バートラムを戦死するかもしれない戦場へと狩り立てた、と悔恨し巡礼者になった。しかし巡礼先で思わぬ出来事に出会う。フローレンスで手柄を立てて町を行進することになっている夫バートラムの噂を耳にする、と同時にバートラムがフローレンスのある未亡人の娘Dianaに夢中になっている事実を知る。

Helen　　　　　　　　　　　　　　How do you mean?
　　　　　　　Maybe the amorous Count solicits her
　　　　　　　In the unlawful purpose.
Widow　　　　　　　　　　　　　He does indeed,
　　　　　　　And brokes with all that can in such a suit
　　　　　　　Corrupt the tender honour of a maid.
　　　　　　　But she is armed for him, and keeps her guard
　　　　　　　In honestest defence.

　　　　　　　　　　　　　　　　　　　(Act 3 Scene 5, 67-74)

ヘレナ　　　　　　　　　　　　　とおっしゃるのは？

　　　もしかしたらその女好きの伯爵様が、下心を抱いて

　　　このかたに言い寄っているのでは？

未亡人　　　　　　　　　　　　　　　実はそうなのです。

　　　かよわい処女の操を破るための、ありとあらゆる

　　　手練手管を使って、攻めてこられるのです。

　　　でも娘は、十分に備えを固め、警戒を厳重にして、

　　　操を守っていますのよ。

　　　　　　　　　　　　　　　　　　　　　　（小田島訳）

　一日たりとも一緒に生活出来ない程ヘレナを嫌がったバートラムは、戦に
出かけた先のフローレンスで妻以外の女性ダイアナに恋焦がれ言い寄ってい
た事実をヘレナは知ってしまう。しかしヘレナは強靭な心を発揮した。ヘレ
ナはダイアナに言い寄っている伯爵が自分の夫であり、だがその夫を自分は
愛していると打ち明ける。打ち明けられたダイアナはヘレナに大いに同情す
る。

　ヘレナはダイアナにある計画を出しながら力になって欲しいとお願いす
る。ダイアナがバートラムの誘いに言いなりになるように思わせて真夜中に
逢引する約束を取り決めさせる。

　その約束の夜ヘレナがダイアナの身代わりとなりダイアナの部屋で夫バー
トラムと逢引するように仕組む。そうとは知らずバートラムは約束の夜に恋
しいダイアナと思い込み、嫌いな妻ヘレナとは知らずベッドを共にしてしま
う。

　バートラムはヘレナを嫌いダイアナに恋焦がれ、ダイアナに捧げたその愛
は真実の愛ではなく、欲情を満たすだけの、愛であった。愛についてはこの
バートラムの一夜の行動について、王に訴えるダイアナの言葉に反応する
バートラムの言葉によって表されている。

Diana		Good my lord,
	Ask him upon his oath if he does think
	He had not my virginity.
King	What sayst thou to her?
Bertram	She's impudent, my lord,
	And was a common gamester to the camp.

Diana (*to the King*)

He does me wrong, my lord. If I were so

He might have bought me at a common price.

Do not believe him. O behold this ring,

Whose high respect and rich validity

Did lack a parallel; yet for all that

He gave it to a commoner o'th' camp,

If I be one.

(Act 5 Scene 3, 186-197)

ダイアナ	陛下、この人におたずねください、
	私の処女を奪わなかったと誓言できるかどうか。
王	どうだ、おまえの返事は？
バートラム	あきれてものも言えません、
	この女は兵隊相手の卑しい娼婦だったのですから。
ダイアナ	ひどい言いがかりです、私がそのような女であれば

この人は安い値段で私を買うことができたはずです。

それが嘘である証拠に、この指輪をごらんください、

これほど気品のある、価値の高い品は、この世に

二つとないほどです。それなのにこの人は、これを

兵隊相手の娼婦に与えたことになります――もし私が

そのような女であれば。

（小田島訳）

　妻ヘレナを嫌ってダイアナに言い寄っている、バートラムの女性観はどういうものであろうか。ここで老貴族ラフューが「あの毒サフランにかかったら、国中の花も蕾の若者たちがみんな黄色に染められてしまうでしょう。」と言及していることが思い出される。サフランの毒に例えられたバートラムの家臣に、毒されてしまった結果、愛に対する真心を失ってしまったのかも知れない。家臣ペーローレスをたとえた「サフラン」'saffron' はアヤメ科クロッカス属の多年草の球根草花で寒さに強い、南ヨーロッパが原産で、11月頃淡紫色の6弁の花が地表近くに咲き、エリザベス朝では発汗剤、菓子の着色剤、糊の材料に使用され、雌しべの黄色い柱頭を乾燥したものが紀元前15世紀頃にはすでに香辛料、薬用、染色用に使用されていた。これらサフランの花の持つ効用や染色力を考えると老貴族ラフューが心配していたように、家臣がバートラムの女性観に悪影響を及ぼしバートラムの女性観を「遊び心」で染めてしまったのかもしれない。その結果バートラムの家で代々伝わる価値の高い大切な指輪をダイアナとの一夜の遊びと引き換えに手放してしまったのかも知れない。愛欲に溺れたバートラムは王とダイアナの前で「この女は兵隊相手の卑しい娼婦だったのですから」とひどい言葉を発したのであろう。この言葉は貞潔を守り通すダイアナにとって許し難い言葉であってバートラムが女性を如何に軽率に扱っているかを物語っている。

　それにしても老貴族ラフューが一千本のサラダ菜中の見事な一本とヘレナを称えている程素晴らしいヘレナなのに何故バートラムのような男に大切な操を捧げなければならないのだろうか。バートラムは老貴族ラフューのようにヘレナの素晴らしさを理解出来る男ではなかった。だが幸か不幸かヘレナはダイアナの身代わりとなって一夜を過ごしたおかげで愛する夫バートラムの子供を身篭る。

　しかしヘレナに宛てた手紙でバートラムが抜けるはずのない指輪と断言していたその指輪を結果的に手に入れたのみならずバートラムの子供を身篭ったヘレナの強靭さと賢さは注目に値するだろうがこのヘレナの幸運はダイアナの品行の良さに支えられていることも見逃せない。夫をいたく愛するヘレナがダイアナに助けられて妻をはなはだしく嫌っていたバートラムとの間に子供という花を咲かせる事が出来た、だがこの花はどういう花になるのであろうか。この疑問は、「天声人語」(『朝日新聞』2004年7月2日朝刊)と妙に重なっているところが有るように思える。「品種改良でこれほど多彩になった花は稀有_けだろう。ただ、青いバラだけは不可能だといわれてきた。一昨日、サントリーと関連会社が遺伝子組み換え技術で青いバラを開発したと発表、バラの歴史に転機をもたらすかもしれない……高名なバラ育種家が問いかけた言葉を読者にも投げかけた。『青いバラができたとして、さて、それが本当に美しいと思いますか』」。ヘレナの強靭さ、ダイアナの品行の良さがバートラムの頼りなさに打ち勝つような形で優れた花になるであろうか、バートラムのような子供や、ヘレナやダイアナの良さを引き継いだ女の子になる可能性も、バートラムの頼りなさを引き継いだ子になる可能性も大いに有るが、そういう可能性とは違った青いバラのような可能性も残されている。ヘレナがバートラムを追い求め、ヘレナの愛の一方通行で強引に結ばせた片思いの愛の結晶がヘレナのお腹に実を結ぶ、しかしこの苦難の多い世に誕生する子供にとってヘレナの強引な行動は迷惑であったかも知れない。『終わりよければすべてよし』となるかどうかは生まれた子供の返事を待つとしよう。

11
『ハムレット』

—オフィーリアの恋はスミレ色—

Laertes

My necessaries are inbarqued. Farewell.

And, sister, as the winds give benefit

And convoy is assistant, do not sleep

But let me hear from you.

Ophelia   Do you doubt that?

Laertes

For Hamlet and the trifling of his favour,

Hold it a fashion and a toy in blood,

A violet in the youth of primy nature,

Forward not permanent, sweet not lasting,

The perfume and suppliance of a minute,

No more.

(Act 1 Scene 3, 1-8)

レアティーズ　必要なものは船に積みこんだ。では行くぞ。

それからな、オフィーリア、風向きがよく、

　　　　　　　　　船の便があれば、ぼんやりしないで

　　　　　　　　　忘れずに手紙をくれよ。

オフィーリア　　　　　　　忘れるとでもお思い？

レアティーズ　ハムレット様のことだが、そのお気持は

　　　　　　　一時の浮気、若さゆえの気まぐれと思うがいい。

　　　　　　　人生の春に咲くスミレの花だ、早くは咲くが

　　　　　　　長つづきはしない、美しくはあるが、すぐにしぼむ、

　　　　　　　つかのまの香り、一時（いっとき）の慰めでしかない。

（小田島雄志訳。以下も特記しない場合はすべて同じ訳者の訳を使用させて
いただく）

　再びフランスへ戻る為の準備を全て終えたLaertesには、妹Opheliaのこ
とのみ気がかりとなる。出発の時が近づき、その留守の間Hamletがオフィー
リアを春に咲き出たスミレのように、つかの間に咲く恋心で騙すのではない
かと、オフィーリアに気づかいの言葉をかける。そのつかの間の挨拶は、さ
りげなくはあるが妹を思う兄の思いが切ないほど感じられる。

　自分が留守の間 'do not sleep' 眠っていないで便りをくれるようにと言う
が、この場合の「眠っていない」は、'sleepyhead'「ぼんやりしてないで」
と関わっている意味だけに使用しているのであろうか。シェイクスピアの用
いる 'sleep' は「眠る」だけでなく意外な意味も持っている。

　レアティーズがオフィーリアに言った 'sleep' に関して言うと、葉は弁が
夜間向きを変えるのも 'sleep' だし、夜行性の植物が人を麻痺させるのも
'sleep' だし、'sleep around'「乱交する」'sleep with'「～と肉体的な関係を結ぶ」
といった用い方も一般的に有るがシェイクスピアの場合は、さらに複雑な意
味を 'sleep' に込めている。例えば、妹オフィーリアに恋心を持っているハ
ムレットが妹オフィーリアを一時の戯れとして、もてあそばないように心配
する余りレアティーズがオフィーリアにたいして 'do not sleep' と忠告して

いるのであって、この 'sleep' に込められた意味には兄の妹への心情が穏や
かな形で吐露されており、意味の複雑さが読み取れるが、これは一例に過ぎ
ない。

　レアティーズの考えは、取り越し苦労のように感じられる。おとなしいオ
フィーリアからは、レアティーズが考えているような 'sleep' の持つ意味を
感じ取る事ができない。レアティーズが意味する 'do not sleep' よりも彼女
には次の言葉が相応しい。'Sleeping Beauty', 'fairy-tale heroine who slept
for 100 years' (OED)。「眠り姫」、「眠れる森の美女」、が最も相応しい表現
であると考える。しかし 'sleep' が 'Lie in the grave'「永眠する」と言う意
味も有ることを考えると、オフィーリアの行く末を心配するレアティーズ
の気持が取り越し苦労ではない事に気付き、また劇全体の流れを考えると、
'sleep' の一言がオフィーリアの最後、死の場面をも、シェイクスピアがすで
にこのsleepに込めていたのではないかと考えずにはいられない。

　さらにレアティーズが 'toy' と言う言葉を使っているが、この単語は次の
ような成句 'make a toy of'「もてあそぶ」「おもちゃにする」の意味がある
のを考えると、この言葉にもハムレットに注意しなさいと言うレアティーズ
の思いが表わされていることに気付く。

　植物に関しては、'toy-on' という「北太平洋岸の白い花房と赤い実をつけ
る常緑潅木」がある。この言葉の語源はAztec「アステック族」（メキシコ
源住民族で16世紀初めに滅亡した民族『英和大辞典』）であり、シェイクス
ピアが同世代の人間であることを考えると、シェイクスピアが、この花とオ
フィーリアの死を意識したのではないかと考えたくもなる。

　次にレアティーズはハムレットの王家の血筋についてオフィーリアに述べ
たかったので有ろうか、'blood' と言う言葉を使う、この単語は次のような
意味を持っている。'blood' 血液、樹液（sap）、（果実などの血のような）赤
い汁、'blood orange' ブラッド-オレンジ（果実の赤い品種）、'blood-root' 血
根草（北米産のけし科の植物）、が有る。また威勢の良い人、だて者 'dandy'

と言う意味を持つと同時に 'shrinking blood'（shy person）と言う意味があることを考え合わせると、おとなしいオフィーリアに対し、血気にはやるハムレットに注意しなさいと言うレアティーズの気持が汲み取れるがこれは深読みであろうか。

　ハムレットの恋心をレアティーズは春の初めに咲き出す 'violet' スミレに例えている。

　'Violet' はすみれ属の植物、'March[English, sweet]violet' においすみれ、'tricoloured violer' 三色すみれ 'pansy'、'Love in Idleness(wild violet)' 野生三色すみれがある。草花を非常に愛したシェイクスピアは植物に豊富な知識を持っていたであろう。ハムレットの心を例えたスミレの花とは専門的な観点ではどのような植物であろうか。

　　スミレは今、いろいろのスミレの種類を総称するような名ともなっていれど、その中で、特にスミレというのは、スミレ品種中一等優品で、濃紫色の花を開く無茎性叢生種（む けいせいそうせいしゅ）の名であって、これを学名では、Viola mandshurica W. Beck.といっている。満州〔中国の東北地方一帯〕にも産するので、それでmandshurica（〔満州の〕という意味）の種名がついている。そして日本にはスミレの品種が実に百種ほど（変種を入れるとこれ以上）もあって、これがみなスミレ属Violaに属する。……濃紫色の花が、いつも人目を惹くのである。

　　昔から菫の字をスミレだとしているのは、このうえもない大間違いで、菫はなんらスミレとは関係はない。いくら中国の辞典を引いて見ても、菫をスミレとする解説はいっこうにない。

　　……菫（きん）という植物は元来、圃（はたけ）に作る蔬菜（そ さい）の名であって、また菫菜（きんさい）とも、旱菫（かんきん）とも、旱芹（かんきん）ともいわれている。中国でも作っていれば、また朝鮮にも栽培せられて食用にしている。

　　スイート・バイオレットはニオイスミレで園芸品となっている。通常

紫色の花が咲き、香いが高いから、香気を好く西洋人に大いに貴ばれて
いる。いったい日本人は花の香いに冷淡で、あまり興味を惹かないよう
だが、西洋人と中国人とはこれに反して非常に花香を尊重する。

　　　　　　　　　　　　　　　　　　　　　牧野富太郎：38-39.43-44.

　以上のようにスミレについて考察して見ると、人目を惹く紫色、花の持つ
香気などを意識してシェイクスピアがハムレットの春先の恋心に例えたので
あろう。そしてまた、スミレの持つ特徴を見てみると。

　スミレの花は昆虫に対し、とても巧妙にできている。まず花は側方に向
いているので、昆虫が来て止まるに都合がよい。……花が開いている
と、たちまち蜜蜂のごとき昆虫の訪問がある。それは花の後ろにある距
の中の蜜を吸いにきたお客様である。さっそく自分の頭を花中へ突き入
れる。……実にスミレ類は、このように昆虫とは縁の深い関係になって
いるのである。しかしかく昆虫に努力させても、花が果実を結ばず無駄
咲きをしているものが多いのは、まことにもったいなき次第である。

　　　　　　　　　　　　　　　　　　（前掲書と同じ引用：40-41）

　シェイクスピアは数あるスミレの中で、Viola mandshurica W.Beck. を思
い浮かべたのかもしれない。子孫を増やすため昆虫に努力させても実を結ば
ないスミレは、オフィーリアと結ばれることがないだけでなく、ハムレット
自身とエルシノア宮殿内の全ての者の破滅を暗示している。

12

『ハムレット』

―狂気のオフィーリアに咲き誇る花々―

Ophelia　　　There's rosemary, that's for remembrance. Pray,
love, remember. And there is pansies; that's for
thoughts.

Laertes

A document in madness—thoughts and remembrance fit-
ted.

Ophelia　　　There's fennel for you, and columbines. There's
rue for you, and here's some for me. We may call it
herb-grace o' Sundays. O, you must wear your rue
with a difference. There's a daisy. I would give you
some violets, but they withered all when my father
died. They say a made a good end.

(Act 4 Scene 5, 175-184)

オフィーリア　これがマンネンロウ、思い出の花。ね、お願い、私を忘れ
ないで。それから三色スミレ、もの思いの花。

レアティーズ　狂気のなかにも教訓があるのか、ものを思って忘れるなと

いうのだな。

オフィーリア　あなたには、ふた心のウィキョウと、不義のオダマキ。あ
なたには悲しみ悔いるヘンルーダ。私にも少しとっておか
なければ。これは安息日の恵み草とも言うのよ、だからあ
なたとは別の意味ね。それから不実なヒナギクも。ほんと
は忠実なスミレをあげたいのだけど、みんなしおれてし
まった、お父様が亡くなった日に。しあわせなご最期だっ
たそうだけど──

（小田島雄志訳。以下も特記しない場合はすべて同じ訳者の訳を使用させて
いただく）

　恋人Hamletに冷たくされ、さらに愛する父親の死を知り、悲しみのあま
りOpheliaの気が狂い始める。美しい花を携え狂気を帯びたオフィーリアの
姿は、その花の美しさを一段と際立たせ異様な艶めかしさを我々に想像させ
る。

　気が変になったオフィーリアは、携えてきた花々に自分の言葉を添えて、
其処に居合わせた人たち、兄Laertes、王Claudius、王妃Gertrudeに配り始
める。

　レアティーズにはrosemary、pansies、を配る。

　Rosemary、はマンネンロウまたは、勿忘草とも言われ一冬じゅう美し
さと芳香を保つので思い出と節操を象徴する花である。勿忘草は英語名
'forget-me-not' から来ている、ムラサキ科の多年草で原産地はヨーロッパ、
水湿地に群生し10センチから30センチの高さで初夏に藍色の小花をつける。

　勿忘草 'forget-me-not' の名前の由来は次の物語からきているようだ。「騎
士ルドルフとベルタは愛し合う中でした。二人でドナウ河のほとりを歩いて
いると河のほとりに空色の可憐な一輪の花を見つけたのでそれを彼女に贈ろ
うと崖を降りて花に手が届いた瞬間ルドルフは河の急流に流されました。必

死にもがきましたが、ついに手の花を高くかかげて『私を忘れないで』と叫ぶ声を最後に流れにのみこまれてしまったのでした。」（田中四郎著（1989）：28-29）この物語が象徴した花 'rosemary' が持つ意味を考えると、正にオフィーリアが川に落ち流されて行く情景は、ルドルフが川で流されていく場面と一致していて、すでにオフィーリアは自分が川で溺れ死ぬのを予期するかのように、兄レアティーズに私を忘れないでと、'Rosemary' 勿忘草を手渡したことになる。シェイクスピアはさりげなく 'rosemary' の花物語を、オフィーリアからレアティーズに手渡す花の場面で演出していた、と思いたくなる。

　また 'pansies' はフランス語の 'pensée' から来た言葉で 'thought' のことである。'pansies'「三色スミレ」は、春から初夏にかけて、紫、黄、白の三色の花をつける。'Pansy' は、'pansy boy' と言われ「めめしい男性、女男 'homo sexual'」の意味を持ち、'pan-sied'「男がにやけたほどめかす、いきにする」、と言う意味がある。これら 'pansy' の持つ意味に 'rosemary' の持つ意味、「節操」を考え合わせると、これらの花をレアティーズに贈ると言う意味は、フランスに帰って学生として再び生活するレアティーズが、粋にめかし込んで遊び回り勉強をおろそかにしないようにと、戒めの言葉が含まれていると考える事ができる。これら花々の持つ意味と共にオフィーリアの思いを込めた別れの言葉を贈られてレアティーズは「狂気であるけれど教訓が含まれていて、心にかけて忘れるなということか」自分にぴったりだと感じているのを見ると、レアティーズも頭が少し変になった妹に、先を見透かされ痛いところを衝かれたのであろう。

　王クローディアスには、'fennel' と 'columbines' の花を贈る。'fennel' は「茴香（ういきょう）」と言われ、セリ科の植物、南欧が原産で古くから栽培されていて、また同じセリ科で別属のヒメウイキョウと共に欧米で重要な薬用、香辛料植物である。夏に黄白色の小花をつけ全体に芳香があり、高さは１メートルから２メートルである。この花は「かすみ目にきく」（『英和大辞

典』）とも言われている薬用の植物であるのを考えると、オフィーリアが父を亡くした今、父と同年齢と思われるクローディアスの目に良い、薬用の効果を持つ茴香（ういきょう）を数ある花から選んだと考えられる。しかしまた、クローディアスが、うたた寝中の実の兄の耳に流し込んだ毒が植物の毒であるならば、オフィーリアが目に良い 'fennel' の花を贈った意味を裏返せば、毒を耳に流しいれて実の兄を殺害したクローディアスへの当てこすりで皮肉を込めたと考えたくなる。気が変になった事によって、さらに一般の人間の思考力よりオフィーリアの方がむしろ冴えていると考えたくもなる。

オフィーリアは 'fennel' と共に 'columbines'「苧環（おだまき）」の花も贈る、この花の「苧環（おだまき）」というのは、糸車のことで別名「糸くり草」とも言われている。花の形が「おだまき」に似ているのでこの名がついたようである。'Columbines' はキンポウゲ科の多年草で高山に自生し、ミヤマオダマキが原種であると言われている。高さは約20から50センチメートル、葉は白色を帯び4月から5月頃枝の先に碧紫色（へきししょく）または白色の5弁の渦巻き状の花が咲く。

イギリスでは「コロンバイン」と言われているこの花の花言葉は、「愚行、浮気、」さらに「暗愚（あんぐ）」愚かな君主となっているが青いコロンバインは「節操」である。「イギリスでは、角のような蜜房が、嫉妬したときの男性の角をおもわせるというので「不義の花」ともされています」（田中四郎著（1989）：61）と書かれているのを考えると、この 'columbines' の花の持つ意味は兄王を殺しその妻と結婚したクローディアスに対する意味を表わした言葉、「愚かな王」「不義の花」そのものである。さらに恋人ハムレットが本来なら王になる筈なのにクローディアスが王座を横取りしたので、ハムレットと自分との仲を破滅へと導く原因となったとも考えられるクローディアスに対しオフィーリアの痛恨の思いが 'columbines' の花に込められていると感じる。

王妃ガートルードには、'rue' と 'daisy' の花を贈る。'rue' はヘンルーダ属で、ミカン科の多年草。南ヨーロッパが原産で、エリザベス朝の時代には他

の薬草とともに伝染病を防ぐ目的で部屋に撒いたようだ、高さは約30セ ンチメートルで初夏に黄緑色の小花を集散花状に咲かせる。芸香（うんこう） ともいわれ、その昔、書籍に挿んで虫よけとした、葉は苦く強い香りがあり、 煎じて駆風や通経の薬とされた。

　'rue' の意味は『英和大辞典』によると、「（罪などを）悔いる、後悔する、 しなければ良かったと思う」。'rue a hasty step'「軽率な措置をとったこと を悔やむ」「（古）悲嘆、後悔、あわれみ、同情」の意味を持つ。この 'rue' が持つ、「後悔」を考えると、ガートルードがクローディアスとの結婚に後 悔しているのではないかと感じているオフィーリアの心が、花の持つ意味、 「あわれみ」と「同情」でこの 'rue' の花を贈ったと考えられる。さらにオ フィーリアは「私の分も少しはここにあるのよ。」と言う言葉で、ハムレッ トを失った悲しい気持を、この 'rue' の持つ意味「悲嘆」で表わしている。 その悲しげなオフィーリアの気持を思うと我々の「あわれみ」を誘う。

　オフィーリアはさらに付け加える「また別の呼び方で日曜日の恵みの花と 申します。貴女には、私のとは別の意味でね。」と言うがここでオフィーリ アは、この 'Sundays' にどのような思いを込めていたのだろうか。'Sundays' の持つ意味は、「週の第一日、キリスト教で安息日 'Sabbath' 仕事を休み、 娯楽を慎み、祈りと休息にあてる日、ユダヤ教やキリスト教の一部では土曜 日である」がオフィーリアはガートルードに意味深な言葉を投げかけたと考 えることが出来る。特に父を亡くし、ハムレットに冷たくされたオフィーリ アは、ただ神にすがる思いで、'Sundays' を「祈りと休息にあてる日」とす るに違いない。

　しかしガートルードに対する 'Sundays' はクローディアスとの「娯楽を慎 み、二人で祈りと休息の日で過ごすように」と言う思いが込められているに 違いない。

　そしてオフィーリアはガートルードに 'violets' の花について、「スミレを 差し上げようと思いましたのにしおれてしまいましたの。亡くなった父のよ

うに。」とこのスミレを贈ることが出来ないことを告げている。スミレの花
ことばは「忠実、真実の愛、悲しみ」であるのを考えると、ガートルードに
対し先王への愛は「真実の愛でもなく、夫に対し忠実な妻でなかったのです
ね、だからこの花はしおれて差し上げる事が出来ないのです」と言いたかっ
たのであろう。

　狂気を帯びながらも花のつぼみのようなオフィーリアと、そしてその花々
に囲まれ花の香りに満ち溢れた艶美な姿を我々は一枚の絵の中に発見するこ
とができる。

　それは、オランダの画家レンブラント・ファン・レインの「フローラ」
（1635年、油彩・キャンバス、125 × 101）である。花冠を頭に付け手には花
を持ち、引きずるようにゆったりとした衣装を身に纏い狂気を漂わせなが
ら、らんらんと何かを凝視している少女の目はオフィーリアそのものである
ように錯覚する。

　レンブラント・ファン・レインは1606年から1669年の画家である。レン
ブラントもシェイクスピアと同年代の人であることを考えると、この『ハム
レット』劇のオフィーリアその人を描いたのではないだろうかと考えてしま
う。

　私がこの絵を見て異様なものを感じオフィーリアだと思いたくなったのだ
が、この絵を見た画家は次のようにこの絵「フローラ」について述べている。

　　ぼくは最初この絵を見たとき、まるで花魁（おいらん）みたいだと思ったので、レン
　　ブラントはてっきり花魁の衣装からヒントを得たのだろうと思い、この
　　当時の日本とオランダの国交などを調べてみたが、例によってオランダ
　　側の資料不足で、確かな情報を得ることはできなかった。
　　「フローラ」のように神話を主題にした作品もあるが、レンブラントの
　　主題は非常に多岐（たき）にわたっている。自画像、肖像画はもちろんのこと聖
　　書からの主題、歴史画、風景画、さらに日常生活までその領域の広さに

は驚かされる。

横尾忠則著（1997）：32

　この画家が述べているように、レンブラントが多岐にわたって題材を得ていたとすれば、シェイクスピアの劇『ハムレット』から題材を得ていたとする私の考えは有りうるだろう。

13

『ヴェニスの商人』

―花が咲かない『ヴェニスの商人』は聖書が花盛り―

　シェイクスピアの作品には花が様々な場面でふんだんに登場するが『ヴェニスの商人』には花が一本も出てこない。シェイクスピアが花の存在を拒否した理由を探って見よう。われわれに伝えたい何かが潜んでいるに違いない。

　ヴェニスの商人アントーニオーは友人、バサーニオーが身分にあまる贅沢な生活を送った為に借金に苦しみ、また恋に悩み多額のお金の必要に迫られているのを知り力になってやろうと考える。そしてアントーニオーは高利貸し業を営むユダヤ人シャイロックに三ヶ月間の期限付きで三千ダカットの借金を申し込む。しかし借金のかたに自らの体の肉一ポンドを提供する証文に判をつく約束をさせられる。

Shylock	If you repay me not on such a day,
	In such a place, such sum or sums as are
	Expressed in the condition, let the forfeit
	Be nominated for an equal pound
	Of your fair flesh to be cut off and taken
	In what part of your body pleaseth me.
Antonio	Content, in faith. I'll seal to such a bond,

　　　　　　　　　　And say there is much kindness in the Jew.

Bassanio　　　You shall not seal to such a bond for me.

　　　　　　　　　　I'll rather dwell in my necessity.

(Act 1 scene 3, 145-154)

　シャイロック　……これこれの日、これこれの場所において返済できぬと
　　　　　　　　　きには、そのかたとして、きっちり一ポンド、その、あん
　　　　　　　　　たの体の肉を頂戴したい。どこでもおれの好きなところを
　　　　　　　　　切りとっていいということにしていただきたいもので。
　アントーニオー　承知した、間違いない――その証文に判をつこう、そし
　　　　　　　　　てユダヤ人も案外、親切だと言いそえよう。
　バサーニオー　だめだ、ぼくのために、そんな証文に判をついてはいけな
　　　　　　　　　い。それくらいなら、ぼくは今のまま窮状に甘んじる。
（福田恆存訳。以下も特記しない場合はすべて同じ訳者の訳を使用させてい
ただく）

　一歩間違えればアントーニオーの命を失うかも知れない危険を冒してでも
借金を清算し、恋する女性と結ばれたいと願うバサーニオーであるが、この
劇にはバサーニオーを含めて三組の恋する男女が登場する。即ちバサーニ
オーとポーシャ（ベルモントの貴婦人）、グラシャーノー（アントーニオー
とバサーニオーの友人）とネリサ（ポーシャの小間使）、ロレンゾーとジェ
シカ（シャイロックの娘）。だが三組が、いずれも複雑な恋のすれ違いなし
に、恋する者同士がめでたく結ばれている。シェイクスピアの他のどの劇
を見ても恋する者同士が面倒な揉め事無しに結ばれたためしがない。例えば
『ハムレット』のオフィーリアは恋人ハムレットに冷たくされ気が狂い死ん
でしまい、『夏の夜の夢』の四人の若者たちはそれぞれの恋人たちが無事結
ばれるまでには、愛する人に振られたり、愛しているのに振ってしまったり

と、てんやわんやの騒ぎであった。『ロミオとジュリエット』では名家に生まれたロミオとジュリエットが両家の古くからの仲違いの因習にとらわれ、愛し合う恋人同士なのに結ばれず、二人とも自殺へと追いやられる。これらの劇では恋する者が相手に自分の思いを伝えようと、恋する人の美しさや自分の心を花に喩えて、思いのままを表現した。恋が複雑であればあるほど複雑な恋の数だけ様々な花が登場した。しかしこの『ヴェニスの商人』の三組の恋人たちは愛する人へ、思いを込めた花束で愛を告白する必要はなかった。三組の恋人たちを邪魔だてする人間が存在していないからである。しいて言えばシャイロックの惨い金貸し業のせいで、危うくアントーニオーが命を落し、バサーニオーとポーシャとの恋が破綻しそうになった程度である。しかしそれもシャイロックとアントーニオーの裁判の場で、裁判官に扮装したポーシャの頓知でシャイロックを難なく懲らしめて、恋人であるバサーニオーの友人アントーニオーの勝利へと導き、申し立てたシャイロックの証文を退けた。

　さてポーシャを愛する無一文のバサーニオーは貴婦人ポーシャとめでたく結ばれる事となった。それはアントーニオーが全責任を負う約束でシャイロックから借りた借金のお陰に他ならなかったのだが、金が絡んでいた為に思わぬ事態が待ち受けることになった。

Shylock	Three thousand ducats for three months, and
	Antonio bound.
Bassanio	Your answer to that.
	...
Bassanio	If it please you to dine with us.
Shylock	〔*aside*〕 Yes, to smell pork, to eat of the habitation
	which your prophet the Nazarite conjured the devil
	into! I will buy with you, sell with you, talk with you,

walk with you, and so following, but I will not eat
with you, drink with you, nor pray with you.

(Act 1 Scene 3, 9-10, 30-35)

シャイロック	三千ダカットを三箇月──で、アントーニオーが責任を負ってくれるとな。
バサーニオー	さあ、その返事を。

……

バサーニオー	よかったら、一緒に食事をしようじゃないか。
シャイロック	（傍白）ふん、豚のにおいを嗅_かぎに出かけるのか、お前さんたちの預言者、例のナザレ人が悪魔を閉じこめたという、その豚の肉を食いにな……なるほどお前さんたちと売り買いもしよう、話もしよう、連れだって歩きもしよう。そのほかなんでも一緒にやろう、が、飲み食いはごめんだ、並んでお祈りが出来るものか……

（福田訳）

　シャイロックはバサーニオーからの食事の誘いに「例のナザレ人が悪魔を閉じ込めたという、その豚の肉を食いにな」といっている「豚の肉」とは何を意味しているのだろう。『聖書』の中には、イエスの奇蹟の力によって人の体に入り込んだ悪霊を追い出す場面がある。イエスによって悪霊が人間の体から豚の体へ移され、その群れが崖を下り湖の中になだれ込んで溺れ死ぬ。その悪霊たちがこの地から追い出さないで欲しい、とイエスに懇願する時のイエスと悪霊の対話がある。シャイロックがこの『聖書』の物語の豚を指しているのは間違いない。

For he said unto him, Come out of the man,

thou unclean spirit.

And he asked him, What is thy name?

And he answered, saying,

My name is Legion: for we are many.

And he besought him much that he

would not send them away out of the country.

Now there was there nigh unto the

mountains a great herd of swine feeding.

And all the devils besought him, saying,

Send us into the swine, that we may enter into them.

And forthwith Jesus gave them leave.

And the unclean spirits went out,

and entered into the swine: and the herd

ran violently down a steep place into the

sea, (they were about two thousand;) and

were choked in the sea.

(Mark 5: 8-13)

それは、イエスが、「汚れた霊よ。この人から出て行け。」と言われたからである。

それで、「おまえの名は何か。」とお尋ねになると、

「私の名はレギオンです。私たちは大ぜいですから。」と言った。

そして、自分たちをこの地方から追い出さないでくださいと懇願した。

ところで、そこの山腹に、豚の大群が飼ってあった。

彼らはイエスに願って言った。「私たちを豚の中に

送って、彼らに乗り移らせてください。」

イエスがそれを許されたので、汚れた霊どもは出て行って、

豚に乗り移った。すると、二千匹ほどの豚の群れが、

険しいがけを駆け降り、湖へなだれ落ちて、湖におぼれてしまった。

　自らの心の中に悪巧みを抱いているので悪霊と豚をシャイロックが自らに重ね合わせて、バサーニオーの食事の誘いを断ったのであろう。

　シャイロックはかねがねアントーニオーに恨みを抱いていた。'I hate him for he is a Christian; / But more, for that in low simplicity / He lends out money gratis, and brings down / The rate of usance here with us in Venice. / If I can catch him once upon the hip / I will feed fat the ancient grudge I bear him.' (Act 1 Scene 3, 40-45)「おれはやつが嫌いだ、クリスト教徒だからな。だが、それより腹がたつのは、あの止めどない頭の低さ、言われるままにただで金を貸し、このヴェニスの利子を引下げて、おれたちの仲間の邪魔をする。いまに見ろ、ちょいとでも風向きが変わったら、長い歳月、積もり積もった恨みだ、たっぷり晴らしてやるからな」（福田訳）とシャイロックが心の中で呟く。

　シャイロックはキリスト教徒を嫌っているがシャイロック自身がユダヤ人であるので当然と言える。ユダヤ教・キリスト教・イスラーム教は三つの兄弟宗教であるが、ユダヤ人であるシャイロックがユダヤ教信者であるのは当然と言える。ユダヤ教はイエスをメシア「油注がれた者・神の子」とは認めていない。そこでシャイロックは '…to eat of the habitation which your prophet the Nazarite conjured the devil into!' (Act 1 Scene 3, 31-32)「例のナザレ人が悪霊を閉じ込めた豚を食いにな」とか 'I hate him for he is a Christian' (Act 1 Scene 3, 40)「おれはやつが嫌いだ、クリスト教徒だからな」（福田訳）と言う言葉にキリスト教徒を嫌う様子が如実に表れている。

　これ以外にも『ヴェニスの商人』にはキリストに関する記述が方々に出てくることに気づく。登場人物がさりげなく口にする言葉に注意を向けて見ると『聖書』の言葉が意味深にしかも頻繁に使われている。そこで『ヴェニス

の商人』に登場する人々の言葉と『聖書』の物語に出てくる言葉を比較して
みよう。

　まずシャイロックとアントーニオーとの間で借金の利子についての会話
をする場面を見てみよう。シャイロックが 'When Jacob grazed his uncle
Laban's sheep— / This Jacob from our holy Abram was, / As his wise
mother wrought in his behalf, / The third possessor; ay, he was the third
—' (Act 1 Scene 3, 70-73)「ヤコブが叔父のラバンの羊飼いをしていたとき
のことだ。このヤコブ、狡^{ずる}いおふくろのおかげで、長男を押しのけ、おれた
ちの先祖アブラハム様の三代目におさまった、さよう、三代目にな——」（福
田訳）と言っている「おれたちの先祖アブラハム様」という名前から『聖書』
の「創世記」の物語が想起できる。「創世記」の物語で最初に登場したアダ
ムとエバ（イブ）の物語からカインとアベルの物語、さらにノアの箱舟の物
語と続きそしてアブラハム、イサク、ヤコブ、ヨセフたち四人へと人類の祖
先の名前が連なり、『聖書』物語が続いていくが、その中にイサクの妻が双
子を産んだ時の物語がある。

　　And these are the generations of

　　Isaac, Abraham's son: Abraham begat Isaac:

　　And Isaac was forty years old

　　when he took Rebekah to wife, the

　　daughter of Bethuel the Syrian of Padanaram,

　　the sister to Laban the Syrian.

　　　　　　　…

　　And the first came out red,

　　all over like an hairy garment;

　　and they called his name Esau.

　　And after that came his brother out,

and his hand took hold on Esau's

heel; and his name was called Jacob:

and Isaac was threescore years old when she bare them.

(Genesis 25: 19-21, 25-26)

　これはアブラハムの子イサクの歴史である。

　アブラハムはイサクを生んだ。

　イサクが、パダン・アラムのアラム人ベトエルの娘で、

　アラム人ラバンの妹であるリベカを妻にめとったときは、四十歳であっ

た。

　……それで彼の妻リベカはみごもった。

……

　最初に出て来た子は、赤くて、全身毛衣のようであった。

　それでその子をエサウと名づけた。

　そのあとで弟が出て来たが、その手はエサウのかかとをつかんでいた。

　それでその子をヤコブと名づけた。

　確かにシャイロックが言っているアブラハムは人間の先祖で、ヤコブが「三代目におさまった」と言っている言葉に間違いはない。さらに「アラム人ラバンの妹であるリベカを妻にめとった」とあるが、シャイロックが言っている「狡いおふくろ」とはイサクの妻リベカのことである。ここで何故リベカが「狡いおふくろ」なのか、『聖書』には次のような記述がある。

And Isaac loved Esau, because he

did eat of his venison: but Rebekah loved Jacob.

(Genesis 25: 28)

イサクはエサウを愛していた。それは彼が猟の獲物
を好んでいたからである。リベカはヤコブを愛していた。

　この記述からリベカは長男のエサウより弟のヤコブを愛していたことが判
るが「狡いおふくろ」については「創世記」27章で詳しく述べられている。
それはイサクが年をとり、長男のエサウにイサクの権利を譲ろうとした時の
話である。おふくろであるリベカは長男エサウでなく次男ヤコブに権利が行
くように策略をした事が記述されている。
　続いてシャイロックはヤコブが叔父ラバンの羊の世話をし、報酬としてラ
バンから受け取る羊をヤコブのやり方で増やすのだがそのやり方について話
す。

Antonio	And what of him? Did he take interest?
Shylock	No, not take interest, not, as you would say,
	Directly int'rest. Mark what Jacob did:
	When Laban and himself were compromised
	That all the eanlings which were streaked and pied
	Should fall as Jacob's hire, the ewes, being rank,
	In end of autumn turned to the rams,
	And when the work of generation was
	Between these woolly breeders in the act,
	The skilful shepherd peeled me certain wands,
	And in the doing of the deed of kind
	He stuck them up before the fulsome ewes
	Who, then conceiving, did in eaning time
	Fall parti-coloured lambs; and those were Jacob's.
	This was a way to thrive; and he was blest;

> And thrift is blessing, if men steal it not.

Antonio　　　…

> But swayed and fashioned by the hand of heaven.
> Was this inserted to make interest good,….

(Act 1 Scene 3, 74-89, 92-3)

アントーニオー　で、そのヤコブがどうした？　利子でも取ったのか？

シャイロック　いや、利子は取らない——あんたの言う利子はな——が、いいかな、ヤコブの遣り口というのはこうだ。ヤコブは叔父のラバンとある約束をした、その年に生まれる小羊のうち、縞と斑はみんなヤコブのものになるとな。やがて秋も末になり、牝羊にさかりがついて、牡をあてがわれる。そこでだ、やつら羊の親どもの間に、子孫増殖の営みが行なわれようという、まさにそのとき、かの抜けめなきヤコブは、そこらの木の小枝を集めてその皮を剥ぎ、その自然の営みの真最中、さかりのついた牝羊の目の前に、そいつをずらりと並べて突きたてた。やがて、牝羊ははらむ、そして時が来て、生み落とした小羊はことごとく斑、つまり、みんなヤコブのものになりましたのさ……これすなわち利殖の道、天がヤコブに幸したもうたでな。こうして儲けはつねに天の祝福を得る、盗んだものでさえなければね。

アントーニオー　……すべては神の御手の導きによることだ……それにしても、今の話、利子を奨励するため聖書に入れてあるのかね？

（福田訳）

シャイロックが言っている「ラバンの羊」とは、『聖書』に記述されてい

る母リベカの兄でヤコブの叔父ラバンが飼っている羊の話である。

　アントーニオーが「利子を奨励するため聖書にいれてあるのかね」と言っているが、このシャイロックの話は実際に『聖書』に詳しく書かれている。

I will pass through all thy flock to day,

removing from thence all the speckled

and spotted cattle, and all the brown

cattle among the sheep, and the spotted

and speckled among the goats: and of such

shall be my hire.

(Genesis 30: 32)

私はきょう、あなたの群れをみな見回りましょう。

その中から、ぶち毛とまだら毛のもの全部、

羊のなかでは黒毛のもの全部、やぎの中ではまだら毛とぶち毛のものを、取り出してください。そしてそれらを私の報酬としてください。

And Jacob took him rods of green

poplar, and of the hazel and chesnut tree;

and pilled white strakes in them, and

made the white appear which was in the rods.

And he set the rods which he had

Pilled before the flocks in the gutters in

the watering troughs when the flocks

came to drink, that they should conceive

when they came to drink.

And the flocks conceived before the rods,

and brought forth cattle ringsraked,

speckled, and spotted.

(Genesis 30: 37-39)

　　ヤコブは、ポプラや、アーモンドや、すずかけの
　　木の若枝を取り、それの白い筋の皮をはいで、
　　その若枝の白いところをむき出しにし、
　　その皮をはいだ枝を、群れが水を飲みに来る水ため、
　　すなわち水ぶねの中に、群れに差し向かいに置いた。
　　それで群れは水を飲みに来るときに、さかりがついた。
　　こうして、群れは枝の前でさかりがついて、しま毛のもの、
　　ぶち毛のもの、まだら毛のものを産んだ。

　上記のようにシャイロックがヤコブの羊を増やす遣り口について「創世記」に記述されていた、ということはシェイクスピアが『聖書』の記述の存在をわれわれに知らせようと意識してアントーニオーに聖書にいれてあるのかねと言わせたと考えられる。

　このヤコブの叔父ラバンの羊については、ヤコブの母リベカが双子を産み二人に同じ愛情を持つのでなく長男エサウの権利が次男ヤコブに行くように仕向けた様子と、エサウの怒りが収まるまでリベカの兄ラバンの所に行かせた時の物語である。この母の行為は全ての人に注ぐイエスの愛に反する行為であったと考えられる。

　高利貸し業を営むシャイロックにとってヤコブの羊を増やす遣り口と自分の高利貸し業に正当性を見いだしたかったのであろう。いずれにしてもアントーニオーが言った利子を増やすヤコブについての話は『聖書』にそっくり記述されていた。シャイロックがアントーニオーを嫌うのと同様にアントーニオーもまた、あくどい取立てをするシャイロックを快く思っていな

かった。そこでシャイロックを悪魔に見立てアントーニオーが次のようにバサーニオーに耳打ちをする 'Mark you this, Bassanio? / The devil can cite Scripture for his purpose. / An evil soul producing holy witness / Is like a villain with a smiling cheek, / A goodly apple rotten at the heart.' (Act 1 Scene 3, 97-100)「聞いたか、バサーニオー、悪魔も聖書を引きあいにだす、手前勝手にな。ねじけた心が、聖句を楯に使うとは、それ、悪党の作り笑いと同じこと、見かけだけで、しんは腐っている林檎みたいなものさ……」（福田訳）このアントーニオーの話についても『新約聖書』（「ルカ福音書」4章3-12と「マタイ福音書」4章3-10）には聖霊に満ちたイエスがヨルダンから帰り荒野で悪魔の誘惑に会いイエスがそれを退けた記述がある。アントーニオーはこの「ルカ福音書」や「マタイ福音書」の悪魔のことを指してシャイロックにあてつけているのは間違いない。

シャイロックの召使として仕えているランスロットですら 'I should stay with the Jew my master who, / God bless the mark, is a kind of devil;' (Act 2 Scene 2, 21-22)「なにしろ、あのユダヤ人、悪魔が人間に化けたみたいな野郎だ」（福田訳）と言っているせりふはシャイロックの人間性を物語っている。

またシャイロックの所で召使として働いているランスロットの父親である老ゴボーがバサーニオーに挨拶した時にも老ゴボーが興味深いことを言っている。'(to Bassanio) I have here a dish of doves that I / would bestow upon your worship, and my suit is 一' (Act 2 Scene 2, 129-130)「ここに持参いたしました山鳩の肉、なにとぞお納めいただきたく、で、お願いと申しますのは一」（福田訳）という挨拶の中に出てくる鳩を見逃してはならない。

『新約聖書』に内包されているものに「父なる神・子なるキリスト・聖霊」が一体化した「三位一体」がある。この「三位一体」の内の聖霊が「鳩」で表されているからである。イエス・キリストが聖ヨハネから洗礼を受けている図表「*Landgrafenpsalter* fol. 31. v. Stuttgart LB (Hildesheim, 1210)」に

はイエス・キリストの頭の真上に聖霊を表す鳩が描かれている。その他（フラ・アンジェリコの作品「受胎告知」1430年頃のもの）の図像があるが中央には聖霊を表す白い鳩が描かれている。図像に描かれている「鳩」を考え合わせるとゴボーがバサーニオーに差し出した鳩は暗黙の内に「聖霊」である親の愛を意思表示して息子ランスロットをよろしく頼みますという気持を示していると考えられる。

さてランスロットがシャイロックの屋敷から暇を取り、出て行く時に娘ジェシカとランスロットが挨拶をする場面がある 'I am sorry thou wilt leave my father so. / Our house is hell, and thou, a merry devil, / Didst rob it of some taste of tediousness. / But fare thee well. There is a ducat for thee.'（Act 2 Scene 3, 1-4）「どうしてもここを出て行く気なのね、そうして――この家は地獄よ、でも、お前という陽気な小鬼がいて、いくらか憂さも晴してくれたのに、でも、いよいよお別れね。これ、少しだけれど、取っておいて」。（福田訳）これに対しランスロットは 'Adieu. Tears exhibit my tongue, most beautiful / pagan; most sweet Jew; if a Christian do not play the / knave and get thee, I am much deceived. / But adieu.'（Act 2 Scene 3, 10-12）「御機嫌よう！　乾くも涙、拭くも涙。異教徒にこんなかわいい子がいようか、ユダヤ人の娘にこれほどやさしい子が！　クリスト教徒がいたずらをやらかして、こしらえた子でもなければ、どうしてこんな……とにかく、御機嫌よろしゅう、」（福田訳）この挨拶に対してジェシカは 'Farewell, good Lancelot. / Alack, what heinous sin is it in me / To be ashamed to be my father's child! / But though I am a daughter to his blood, / I am not to his manners. O Lorenzo, / If thou keep promise I shall end this strife, / Become a Christian and thy loving wife.'（Act 2 Scene 3, 15-21）「さようなら、ランスロット……どこまで罪のふかい女なんだろう、自分の父親を恥じるなんて！　けれど、同じ血を引く娘でも、心は別……ああ、ロレンゾー、もし約束を守ってくださるなら、こんな辛い境涯から抜け出して、きっとク

リスト教徒になって見せましょう、あなたのいい奥さんに」（福田訳）。

　この二人の会話のキリスト教徒に関する言及に注目する必要がある。ランスロットがユダヤ教を軽蔑し、またジェシカもユダヤ人である父を嫌いロレンゾーの良い妻となってキリスト教徒になりたいと願っている。二人がキリスト教を崇拝しユダヤ教を嫌う理由は、イエスを十字架刑にしたユダヤ人に対する嫌悪から来ているのであろうか。

　次に町中でロレンゾーと待ち合わせたソレイニオーとグラシャーノーが現れ、ロレンゾーを待つ間に話すグラシャーノーのおしゃべりを聞こう。'That he did pace them first? All things that are / Are with more spirit chased than enjoyed. / How like a younker or a prodigal / The scarfed barque puts from her native bay, / Hugged and embraced by the strumpet wind! / How like the prodigal doth she return, / With over-weathered ribs and ragged sails, / Lean, rent, and beggared by the strumpet wind! (Act 2 Scene 6, 12-19)「張りあいがあるのは、追いかけるときのことさ、それに較べれば、あとの楽しみなど小さなものだよ。それ、例の放蕩息子（ほうとうむすこ）そっくりではないか、着飾って故郷の港を出てゆく船を見ろ、売女（ばいた）の風にまつわりつかれ、ちやほやされて！　その帰りがまた放蕩息子そのままときている、船体はあらしでもみくちゃ、帆はぼろぼろ、売女の風にねだられ、剥（は）がれて、すってんてんの丸裸だ！」（福田訳）ここでグラシャーノーが言った「例の放蕩息子」とは誰のことを言っているのだろう、これまでに放蕩息子の話など現れていない。「例の」とは『聖書』に出てくる放蕩息子以外に考えられない。『聖書』には父の愛情が、行いの正しい兄へではなく放蕩のかぎりをつくし一文なしになって帰ってきた弟を喜び迎える父の話がある。

And he answering said to his father,

Lo, these many years do I serve thee,

neither transgressed I at any time thy commandment:

and yet thou never gavest me a kid,

that I might make merry with my friends:

But as soon as this thy son was come,

which hath devoured thy living with harlots,

thou hast killed for him the fatted calf.

(Luke 15: 29-30)

しかし兄は父にこう言った。「ご覧なさい。長年の間、
私はおとうさんに仕え、戒めを破ったことは一度も
ありません。その私には、友だちと楽しめと言って、
子山羊一匹下さったことがありません。
それなのに、遊女におぼれてあなたの身代を食いつ
ぶして帰って来たこのあなたの息子のためには、肥えた
子牛をほふらせなさったのですか。」

　このとき父親は兄に言った 'It was meet that we should make merry, and be glad: for this thy brother was dead, and is alive again; and was lost, and is found.' (Luke 15 : 32)『……おまえの弟は、死んでいたのが生き返って来たのだ。いなくなっていたのが見つかったのだから、楽しんで喜ぶのは当然ではないか』。この父親の愛こそが「公平に人々に向けられるイエスの愛」の表現であったのだ。最も愛を必要としている者に注がれなければならないのがキリストの愛である。

　ここでわれわれは『ヴェニスの商人』における無償の「愛」について気づく。友人を救うために自らの体の肉を切り取ることを許すアントーニオーの愛、召使として働く息子ランスロットを思い鳩の肉を差し出す老ゴボーの気づかい、家を出て行く召使ランスロットを気づかうジェシカの愛、また二人の息子に平等にではなく弟にだけ注ぐ、歪んだ母の愛などを知って、『聖書』

の中で放蕩息子へ注ぐ父の愛の話との関わりを知る結果となった。ここである事に気がつく『ヴェニスの商人』に必要なのは「花」ではなく「愛」であった、それでこれまで様々な作品に登場した自然界に咲き乱れる花々ではなく、人への慈悲の心である「愛」の存在を知らせたいと願って、われわれにそれを知らせるために、あえて花の存在を拒否し、『聖書』に語られているキリストの慈悲の愛を様々な形で登場させたと考えられる。言い換えれば「愛」と「花」は人々にとって同一の存在を意味していたと言えよう。

　これ以外にも『聖書』と関連する事柄について幾つも目にする。シャイロックは公爵に、アントーニオーと交わした証文通りに裁判の判決を実行して欲しいと訴える場面がある。シャイロックは 'I have possessed your grace of what I purpose, / And by our holy Sabbath have I sworn / To have the due and forfeit of my bond. / If you deny it, let the danger light / Upon your charter and your city's freedom.' (Act 4 Scene 1, 34-38)「あらかじめお伝えしておいたとおりにございます。それも聖安息日にかけての誓い、証文どおりのかたを頂戴いたしとうぞんじます。もし、ならぬと仰せになるなら、それこそ由々しき大事！　公爵様の権威もヴェニスの自由も、まったくわやとなりましょう。……」（福田訳）と言っている「聖安息日にかけての誓い」の安息日とは、ユダヤ教で、一週間の第七日目の名称で金曜日の日没とともにはじまり、土曜日の夕方の日没までを神の命令にしたがい、その日を休日とするもので一切の労働を休止し、律法により安息日を守ることが規定されている。

Remember the sabbath day, to keep it holy.

Six days shalt thou labour, and do all thy work:

But the seventh day is the sabbath of the LORD thy God:

in it thou shalt not do any work, ….

(*Exodus* 20: 8-10)

　安息日を覚えて、これを聖なる日とせよ。

　六日間、働いて、あなたのすべての仕事をしなければならない。

　しかし七日目は、あなたの神、主の安息である。

　あなたはどんな仕事もしてはならない。

　この聖安息日はシャイロックが言うように厳格に守られなければならない
日であるのは事実であった、同様に裁判に於いても掟に従って厳格に執り
行って欲しいと訴えるシャイロックの意向も正しいと言える。そこでシャイ
ロックがアントーニオーとの約束の証文を実行させようと「聖安息日にかけ
ての誓い」と重々しく律法の存在を強調させているのであろう。

　そこでシャイロックが法に定められた掟「聖安息日にかけての誓い」通り
に、裁判に於いてアントーニオーの体の肉一ポンドを切りとる事を許された
が自ら望んだその判決は寧ろシャイロックにとって厳しいものとなった。裁
判官に扮装したポーシャは法律に従いアントーニオーの肉を切りとる許可を
するが同時に次のことを申し渡す。'Tarry a little. There is something else.
/ This bond doth give thee here no jot of blood. / The words expressly
are 'a pound of flesh'. / Take then thy bond. Take thou thy pound of flesh.
/ But in the cutting it, if thou dost shed / One drop of Christian blood, thy
lands and goods / Are by the laws of Venice confiscate / Unto the state of
Venice.' (Act 4 Scene 1,　303-309)「待て、まだあとがある。この証文によ
れば、血は一滴も許されていないな——文面にははっきり「一ポンドの肉」
とある。よろしい、証文のとおりにするがよい、憎い男の肉を切りとるがよ
い。ただし、そのさい、クリスト教徒の血を一滴でも流したなら、お前の
土地も財産も、ヴェニスの法律にしたがい、国庫に没収する」（福田訳）。こ
の裁判官に扮装したポーシャの裁きにアントーニオーとバサーニオーの友
人グラシャーノーは喜ぶ。'A second Daniel, a Daniel, Jew ! / Now, infidel, I

have you on the hip.' (Act 4 Scene 1, 330-331)「第二のダニエル様だ、名判官ダニエル様の再来だ、なあ、ユダヤ人！ おい、不信人者、見ろ、風向きが変わったぞ」(福田訳)。とダニエルという名が登場するが、『旧約聖書』の「ダニエル書」には主人公ダニエルの話が記述されている。ダニエルがバビロニアに捕因となった時、王ネブカドネザルの夢を判断し、バビロニアの運命と他の諸国の勃興を預言する物語である。

Then Arioch brought in Daniel before

the king in haste and said thus unto him,

I have found a man of the captives of Judah,

that will make known unto the king the interpretation.

The king answered and said to Daniel,

whose name was Belteshazzar,

Art thou able to make known unto me the

dream which I have seen,

and the interpretation thereof?

Thou, O king, art a king of kings:

for the God of heaven hath given thee a kingdom,

power, and strength, and glory.

And wheresoever the children of men dwell,

the beasts of the field and the fowls of

the heaven hath he given into

thine hand, and hath made thee ruler over

them all. Thou art this head of gold.

(*Daniel* 2: 25-26, 37-38)

　そこで、アルヨクは急いでダニエルを王の前に連れて行き、

　王にこう言った。「ユダからの捕虜の中に、王に解き明かしの

　できるひとりの男を見つけました。」

　それで王は、ベルテシャツァルという名のダニエルに言った。

　「あなたは私が見た夢と、その解き明かしを

　私に示すことができるのか。」

　王の王である王様。天の神はあなたに国と権威と力と光栄とを賜（たま）い、

　また人の子ら、野の獣、空の鳥がどこに住んでいても、

　これをことごとく治（おさ）めるようにあなたの手に与えられました。

　あなたはあの金の頭です。

　グラシャーノーが喜んで「名判官ダニエル様の再来だ」と言ったのはこの「王に解き明かしのできるひとりの男」一人の男すなわちダニエルに間違いない。

　アントーニオーは裁判の場でシャイロックの悪事を許すが、その代わり次のようにシャイロックがキリスト教徒に改宗するように要望する。'So please my lord the Duke and all the court / To quit the fine for one half of his goods, / I am content, … : that for this favour / He presently become a Christian;'（Act 4 Scene 1, 378-384）「公爵、および御一同にお願いいたします。この男の財産の一半にたいする罰金も、免じてやってくだされば何よりとぞんじます。……こうして許してやる代りに、老人はただちにクリスト教徒に改宗すること、……」（福田訳）。

　するとグラシャーノーは次のようにシャイロックにキリスト教徒に洗礼するときの陪審員の数について言う。'In christ'ning shalt thou have two god-fathers. / Had I been judge thou shouldst have had ten more, / To bring thee to the gallows, not the font.'（Act 4 Scene 1, 395-397）「洗礼のときは、

神父は二人だぞ——だが、おれが裁判官だったら、陪審員なみにもう十人ふやしの十二人で、絞首台に送りとどけてやるところだ、洗礼盤とはなまやさしい」（福田訳）。ここで「陪審員なみにもう十人ふやしの十二人で」という数字に注目してみよう。この十二人で思い出されるのが「最後の晩餐」である。イエスが十字架にかけられる前の晩にとった晩餐であるが、イエスは12人の弟子すなわち（ペテロと呼ばれるシモンとその兄弟アンデレ、ゼベダイの子ヤコブとその兄弟ヨハネ、ピリポとバルトロマイ、トマスと税取立人マタイ、アルパヨの子ヤコブとタダイ、熱心党員と呼ばれるシモンとイエスを裏切ったイスカリオテ・ユダ）たちと最後の食事をとった時の弟子の数と同じ数十二をグラシャーノーが意味していたと考えられる。さらに数字に関連してシャイロックが三千ダカットを三箇月の期限付きでアントーニオーに貸し、支払いが出来ない場合はアントーニオーの肉一ポンドを切りとる条件をつけたがこの三千ダカットの数字で『聖書』を想起させる数字がある。裏切り者のユダがイエスを祭市長に銀貨30枚で売り渡している数字である。人間の命を金銭で取引するところはシャイロックと裏切り者のユダの共通点と言える。

Then one of the twelve, called Judas Iscariot,

went unto the chief priests,

And said unto them, What will ye give me,

and I will deliver him unto you?

And they covenanted with him for thirty pieces of silver.

And from that time he sought opportunity to betray him.

(*Matthew* 26: 14-16)

そのとき、十二弟子のひとりで、イスカリオテ・ユダという者が、

祭司長たちのところへ行って、こう言った。

「彼をあなたがたに売るとしたら、いったいいくらくれますか。」
すると、彼らは銀貨三十枚を彼に支払った。
そのときから、彼はイエスを引き渡す機会をねらっていた。

　アントーニオーが友人のために自らの体の肉を切りとることをシャイロックに許した行為は人々の罪を背負って十字架にかけられたイエスを思い出させる。

Christ hath redeemed us from the curse of the law,

being made a curse for us: for it is written,

Cursed is every one that hangeth on a tree:

(*Galatians* 3: 13)

キリストは、私たちのためにのろわれたものとなって、
私たちを律法ののろいから贖い出してくださいました。
なぜなら、「木にかけられる者はすべてのろわれたもの
である。」と書いてあるからです。

　イエスを十字架にかけろと叫んだのはユダヤの群集である。ローマの総督ピラトはイエスに死刑を宣告する意思はなかった、そこで強盗をはたらいた男も捕えられていたので、囚人一人を釈放するが、「だれを釈放してほしいのか。バラバか、それともキリストと呼ばれているイエスか」と群集に呼びかける記述が『聖書』にある。

Now at that feast the governor was wont to release

unto the people a prisoner, whom they would.

And they had them a notable prisoner, called Barabbas.

Therefore when they were gathered together, Pilate said unto them,

Whom will ye that I release unto you?

Barabbbads, or Jesus which is called Christ?

The governor answered and said unto them,

Whether of the twain will ye that I release unto you?

They said, Barabbas.

(*Matthew* 27: 15-17, 21)

ところで総督は、その祭りには、群集のために、

いつも望みの囚人をひとりだけ赦免してやっていた。

そのころ、バラバという名の知れた囚人が捕えられていた。

それで、彼らが集まったとき、ピラトが言った。

「あなたがたは、だれを釈放してほしいのか。バラバか、

それともキリストと呼ばれているイエスか。」

しかし、総督は彼らに答えていった。「あなたがたは、

ふたりのうちどちらを釈放してほしいのか。」

彼らは言った。「バラバだ。」

ところでシャイロックはバラバという名前を口にしている。'(aside) / These be the Christian husbands. I have a daughter. / Would any of the stock of Barabbas / Had been her husband rather than a Christian.' (Act 4 Scene 1, 292-294)「(傍白) みんなこうなのだ、クリスト教徒の亭主というやつは！　おれにも娘がいる──どうせ嫁にやるなら、いっそあの盗人のバラバの子孫のほうがいい、こんなクリスト教徒よりはな……」(福田訳) シャイロックが口にしたバラバという名前は、「マタイ福音書」に出てきた囚人バラバを言っていたのだ。

　イエスが人々の罪を背負って十字架にかけられながら神の愛を人々に示し

た心は、友人の為に自らの命を提供する覚悟をしているアントーニオーに受け継がれていたと言える。シェイクスピアの生きた時代のキリスト教徒たちは「イエスを十字架にかけろ」と叫んだユダヤの群集を許せなかったことをシェイクスピアは宣告していたのだ。同時にユダヤ教徒に対するキリスト教徒の感情は『ヴェニスの商人』における人々の言動に現れていて、ユダヤ人であるシャイロックの娘ジェシカでさえキリスト教徒になりたいと願っている様子がそのことを物語っている。心優しいアントーニオーもシャイロックをキリスト教徒に改宗させたいと願う気持を表している 'Hie thee, gentle Jew. (*Exit Shylock*) / The Hebrew will turn Christian; he grows kind.' (Act 1 Scene 3, 177-178)「急いでくれよ、ユダヤ殿……（シャイロック、家にはいる）あのヘブライ人、結構、クリスト教に改宗するかもしれない——深切気を出しはじめたからな」（福田訳）。シャイロックの娘ジェシカもまた父の宗教ユダヤ教からキリスト教徒に改宗したいと切望している事実をすでに見てきた。これらの人々の感情はユダヤ人がイエスを十字架刑にした許し難い事実と、イエスの死の悲しみがいまだ癒されていないことをシェイクスピアが当時の人々のユダヤ人に対する気持ちを背景に表しているのではなかろうか。イエスを売り渡したユダは後に後悔したが時はすでに遅すぎた。

Then Judas, which had betrayed him,

when he saw that he was condemned,

repented himself, and brought again

the thirty pieces of silver to the chief priests and elders,

Saying, I have sinned in that I have

betrayed the innocent blood. And they said,

What is that to us? see thou to that.

And he cast down the pieces of silver

in the temple, and departed, and went and hanged himself.

そのとき、イエスを売ったユダは、イエスが罪に定められたのを知って
後悔し、銀貨三十枚を、祭司長、長老たちに返して、
「私は罪を犯した。罪のない人の血を売ったりして。」と言った。しかし、
彼らは、「私たちの知ったことか。自分で始末することだ。」と言った。
それで、彼は銀貨を神殿に投げ込んで立ち去った。
そして、外に出て行って、首をつった。

　ユダがイエスを売った罪に気付き後悔したようにアントーニオーは、シャ
イロックも罪を悔い改めることを望んでいた様子が「クリスト教徒に改宗す
るかもしれない――親切気を出しはじめたからな」の言葉に表されている
が、これはシェイクスピアが当時の観客の気持を配慮した結果なのだろうか。
　法廷でアントーニオーが絶望的な死の宣告から、一瞬にして生への喜びと
いう奇跡を起した人間の知恵と救いの精神は十字架刑の後、三日後に生き
返ったイエスの死と復活に相通ずるように思われる。
　シェイクスピアは『ヴェニスの商人』に意図的に花の代わりにキリストの
愛の精神を前面に押し出したと考える。その結果登場する人物がさりげない
形ではあるが頻繁に『聖書』の言葉を口にしている。アントーニオーの肉を
どうしても切りとると主張したシャイロックに裁判官のポーシャと公爵は
慈悲の心を持てと訴えるが、そのときポーシャのセリフにも『聖書』の言葉
が入り込んでいる。'The quality of mercy is not strained. / It droppeth as
the gentle rain from heaven / Upon the place beneath. It is twice blest: /
It blesseth him that gives, and him that takes.'（Act 4 Scene 1, 181-184）「慈
悲は強いられるべきものではない。恵みの雨のごとく、天よりこの下界に降
りそそぐもの。そこには二重の福がある。与えるものも受けるものも、共に
その福を得る。……」。そして公爵も 'How shalt thou hope for mercy, rend'

ring none?'（Act 4 Scene 1, 87）「それで神の慈悲が望めると思うのか、人に慈悲を拒むものが？」（福田訳）この言葉は正に『聖書』の教えであった。

'Thou shalt love thy neighbour as thyself.'（*Mark* 12 : 31）「あなたの隣人をあなた自身のように愛せよ」'Love your enemies, bless them that curse you, do good to them that hate you, and pray for them which despitefully use you, and persecute you;'（*Matthew* 5 : 44）「しかし、わたしはあなたがたに言います。自分の敵を愛し、迫害する者のために祈りなさい。」この場合のあなたは、自然界における花に喩えられる慈悲の精神であり、『ヴェニスの商人』に登場する人々が『聖書』の言葉を使って有効な形でこの慈悲の心をわれわれに語りかけてくれている。『ヴェニスの商人』には人の心を癒す自然界の花の代わりに慈悲の精神をわれわれに語りかける『聖書』の言葉が散りばめられている。われわれが花を見た瞬間に意識せずに花に抱く感情をシェイクスピアはイエスの慈悲の精神を伝える『聖書』の教えを呼び覚まそうとしたのかも知れない。

　確かに『ヴェニスの商人』には自然界で誰でもが接している人の心を癒す花の存在がない。しかし花に代わる存在を知った。それは人への愛と救いの精神が満載の『聖書』の教えであった。

　『聖書』にはイスラエルの民族がモーセに率いられて荒野の旅で飢えた時、神の奇跡により「マナ」を降らせた記述がある。

　　And when the dew that lay was gone up, behold,

　　upon the face of the wilderness there lay a small round thing,

　　as small as the hoar frost on the ground.

　　And when the children of Israel saw it,

　　they said one to another, It is manna:

　　for they wist not what it was.

　　And Moses said unto them,

This is the bread which the LORD hath given you to eat.

And the house of Israel called the name thereof Manna:
and it was like coriander seed, white; and the taste of it
was like wafers made with honey.

(*Exodus* 16: 14-15. 31)

その一面の露が上がると、見よ、荒野の面には、
地に降りた白い霜のような細かいもの、
うろこのような細かいものがあった。
イスラエル人はこれを見て、「これは何だろう。」と互いに言った。
かれらはそれが何か知らなかったからである。
モーセは彼らに言った。「これは主があなたがたに
食物として与えてくださったパンです。」

イスラエルの家は、それをマナと名づけた。
それはコエンドロの種のようで、白く、
その味は蜜を入れたせんべいのようであった。

「マナ」とは「現在でもシナイ半島に生育するマナ・タマリスクという潅木の葉に付着する蜜のような黄白の結晶である。その木に寄生する昆虫の分泌物であるといわれる。」（前田護郎編集（1968）：187）。

『ヴェニスの商人』の最後の場面で何かを訴えるかのようにシェイクスピアは「マナ」を登場させていることに注目したい。ポーシャが裁判でシャイロックから罰金として受け取った財産譲渡の証書を小間使ネリサがロレンゾーとジェシカに渡す場面がある。

Portia	How now, Lorenzo?
	My clerk hath some good comforts, too, for you.
Nerissa	Ay, and I'll give them him without a fee.
	There do I give to you and Jessica
	From the rich Jew a special deed of gift,
	After his death, of all he dies possessed of.
Lorenzo	Fair ladies, you drop manna in the way
	Of starved people.

(Act 5 Scene 1, 288-294)

ポーシャ	あの、それなら、ロレンゾーは？
	私の書記があなたにも何かよい知らせを持っているはず。
ネリサ	はい、そのとおりで。それはただでさしあげることにいたしましょう……さあ、これを、あなたとジェシカに、お金持ちのユダヤ人から、財産譲渡の証書よ、死後に残ったものは何から何まで。
ロレンゾー	お二人とも、マナを降らせてくださるのですね、飢えたものどもの口に。

（福田訳）

　ロレンゾーが「マナ」を言葉に出して言っているが上記の『聖書』の物語に出て来る「マナ」を指しているのである。

　イスラエル人の飢えを救ったマナのように自然界の全ての恵みによってわれわれは生きている。アントーニオーが自らの肉一ポンドを友人の為に差し出す行為とイエスが自らの体で人々の罪を贖い磔刑に身を呈した行いは同一であったように、『ヴェニスの商人』ではイエスの救済の慈悲が花に代わって人々を癒している。シェイクスピアはこの劇で花の登場を拒否しながらイ

エスの慈悲を開花させ、劇の最後でイエスを十字架刑にしたユダの血を受け
継ぐジェシカとその夫ロレンゾーに神からの恵みとして「マナ」を降らせ、
『ヴェニスの商人』の最後を『聖書』の教え「敵を愛し、敵のために祈りな
さい」の精神で締めくくっている。ユダヤ人に対する当時の観客の感情を背
景にしながらもシェイクスピアは「マナ」の背後に秘められている救いの精
神をこの劇に注ぎ込もうとしたのだろうか。

原典

Wells, Stanley, et al., ed. *The Complete Works, William Shakespeare*. With a General Introduction, and Introductions to individual works, by Stanley Wells. Oxford: Oxford UP, 1988.

参考文献

Alison Stenton: TLS, (May 7 2004, 27).

Amy M. King, *Bloom*: Oxford University Press, 2003.

Battenhouse, Roy W. (1969): *Shakespearean Tragedy: Its Art and Its Christian Premises*. Bloomington: Indiana UP.

C. S. Lewis, *the Allegory of Love*: Oxford University Press, 1958.

King James Version：*The Holy Bible*. Ivy Books・New York.

Samuel Taylor Coleridge (1930): *Shakespearean Criticism*. London: The University Press. 桂田利吉訳（1939）：『シェイクスピア論』岩波書店。

The Concise Oxford Dictionary of current English, Oxford: Clarendon Press, 1964.

『朝日新聞』「天声人語」：（2004/7/2）。

アト・ド・フリース著：『イメージ・シンボル事典』：山下主一郎他共訳（1984）：大修館書店。

小田島雄志訳（1974）：『尺には尺を』：白水社。

小田島雄志訳（1978）：『冬物語』：白水社。

小田島雄志訳（1979）：『恋の骨折り損』：白水社。

小田島雄志訳（1979）：『終わりよければすべてよし』：白水社。

小田島雄志訳（1983）：『十二夜』：白水社。

小田島雄志訳（1983）：『ロミオとジュリエット』：角川書店。

小田島雄志訳（1983）：『リチャード二世』：白水社。

小田島雄志訳（1983）：『コリオレーナス』：白水社。

小田島雄志訳（1983）：『ハムレット』：白水社。

小田島雄志訳（1983）：『リア王』：白水社。

菅泰男訳（1960）：『オセロウ』：岩波書店。

『広辞苑』（1996）：岩波書店。

小稲義男・山川喜久男・竹林滋・吉川道夫編（1985）：『新英和中辞典』：研究社。

コンラート・シュビンドラー：『5000年前の男』、畔上司訳（1994）：文勢春秋。

『聖書』：新改訳聖書刊行会訳（1970）：日本聖書刊行会。

高橋浩子・中村孝義・本岡浩子・網干毅編著（1996）：『西洋音楽の歴史』：東京書籍。

高松雄一訳（1967）：『シェイクスピア全集』8 悲劇Ⅲ詩：筑摩書房。

田中四郎著（1989）：『花ことばの本』：永岡書店。

月本昭男訳（1996）：『ギルガメシュ叙事詩』：岩波書店。

トマス・ブルフィンチ（1855）：『ギリシア・ローマ神話』、野上弥生子訳（1983）：岩波書店。

トマス・モア：『改版 ユートピア』、澤田昭夫訳（1978）：中央公論社。

中島文雄編（1970）：『英和大辞典』：岩波書店。

中西信太郎訳（1973）：『シェイクスピア詩集』：英宝社。

ニーチェ：『若き人々への言葉』、原田義人訳（1954）：角川文庫。

二宮フサ訳（1989）：『ラ・ロシュフコー箴言集』：岩波書店。

バーナード・エヴスリン著：『ヘラクレア物語』、喜多元子訳（1985）：教養文庫。

福田恆存訳（1967）：『ヴェニスの商人』：新潮社。

福田恆存訳（1969）：『マクベス』：新潮社。

福田恆存訳（1971）：『あらし』：新潮社。

福田恆存訳（1974）：『リチャード三世』：新潮社。

本堂正夫（1967）：『ヴィーナスとアドゥニス』：筑摩書房。

前田護郎他編集（1968）：『世界の名著・聖書』：中央公論社。

牧野富太郎（1981）：『植物知識』：講談社。

松岡和子訳（1996）：『ハムレット』：筑摩書房。

ミ・エ・イヴィン著：『光合成の謎』、藤川健治訳編（1973）：社会思想社。

三神勲訳（1967）：『ロミオとジュリエット』：角川書店。

山室静（1963）：『ギリシャ神話』：教養文庫。

横尾忠則著（1997）：『名画感応術』：光文社文庫。

II
シェイクスピア劇は悲喜こもごも

1
『夏の夜の夢』
―パックの悪戯が語る面白さ―

はじめに

　『夏の夜の夢』は結婚を四日後に控えたAthensの大公Theseusが婚約者である、戦う女性の国アマゾンの女王Hippolytaに婚儀の日の待ちどうしさを語る言葉で始まる。

Theseus	Now, fair Hippolyta, our nuptial hour
	Draws on apace. Four happy days bring in
	Another moon—but O, methinks how slow
	This old moon wanes! She lingers my desires
	Like to a stepdame or a dowager
	Long withering out a young man's revenue.
Hippolyta	Four days will quickly steep themselves in night,
	Four nights will quickly dream away the time;
	And then the moon, like to a silver bow
	New bent in heaven, shall behold the night

Of our solemnities.

(Act 1 Scene 1, 1-11)

シーシュース　ところで、美しいヒポリタ、われわれの婚礼の時も
　　　　　　　間近に迫った。楽しい日々をあと四日すごせば
　　　　　　　新月の宵となる。だがなんともどかしいことか、
　　　　　　　この古い月の欠けていくのが。私の望みをなかなか
　　　　　　　かなえさせてはくれぬ、継母や未亡人がいつまでも
　　　　　　　生きながらえて若者に譲るべき財産を朽ちさせるように。
ヒポリタ　　　その四日の昼はたちまち夜の闇に溶け込み、
　　　　　　　四日の夜はたちまち夢と消え去りましょう。
　　　　　　　そうすれば新月が、天高く引きしぼられた
　　　　　　　銀の弓のようにかかり、私たちの婚儀の夜を
　　　　　　　見まもってくれるでしょう。

（小田島雄志訳。以下も特記しない場合はすべて同じ訳者の訳を使用させて
いただく）

　そこへ老人 Egeus が娘 Hermia を引き連れて登場し、その後ろにはハーミ
アに恋する若者 Lysander と Demetrius が続いて登場する。ハーミアとライ
サンダーは互いに愛しあう仲である。ところがハーミアの父イージーアスは
娘をディミートリアスと結婚させようとしている。イージーアスはこのアテ
ネに昔から伝わる法律、つまりもし親の言う結婚に従わなければ死刑にす
る、という法律を適用して欲しいと訴える。だがディミートリアスにはかつ
て恋仲であった Helena というハーミアの親友がいたのである。
　こういう人間たちに加えてこの劇には大公シーシュースの森に住む妖精た
ちが登場する。妖精の中で Puck は、妖精の王 Oberon から 'Love-in-idleness'
「野生三色すみれ」（wild pansy のこと）という花を取って来るように命令

151

される。この花はその汁を目に振り掛けられると、目覚めて最初に目にした者を恋してしまう魔法の力を持つという。オーベロンは妻である妖精の女王Titaniaが寵愛しているインドの少年を自分に譲って欲しい、と幾度となく頼むがその都度拒否され腹を立てている。そこでタイテーニアに仕返しをする為に三色すみれの汁を彼女の眠る目に振り掛けようと企てる、ところがオーベロンは森の中でディミートリアスに冷たくされながらも、恋い慕い跡を追うヘレナを目撃して彼らにも三色すみれの汁を使う事を考えパックにディミートリアスの目にも振り掛けるように命令する。ところがパックは振り掛ける相手を間違えたので、四人の若者達は恋愛の相手を取り違える羽目になり大騒ぎとなる。さらにオーベロンに頼まれた通り、眠っているタイテーニアの目にも三色すみれの汁を振り掛けるのだが、たまたま目覚めた時に彼女の目の前にいたのはBottomで、彼女は彼を恋するようになってしまう。

　この劇には妖精王オーベロン、妖精の女王タイテーニア、パック別名Robin Good fellowといういたずら好きの妖精、さらに小妖精である、'Pease blossom'「豆の花」、'Cobweb'「蜘蛛」、'Moth'「蛾」、'Mustard seed'「芥子の種」、他にオーベロンとタイテーニアに従う妖精たちが登場する。このようにこの劇には多くの妖精が登場するが、これら妖精たちの中でとくに悪戯好きなパックの働きは我々にどのようなメッセージを伝えようとしているのか。シェイクスピアはこのさまざまな妖精たちの心にどのような気持を託していたのだろうか。その秘密を探ってみたい。

パックの悪戯

　恋心と言うものは人間界も妖精界も男女共に謎に秘められた奇怪至極な現象であるようで、そのことについて次のようにシーシュースが言及している。

Theseus.   Lovers and madmen have such seething brains,

Such shaping fantasies, that apprehend

More than cool reason ever comprehends.

The lunatic, the lover, and the poet

Are of imagination all compact.

One sees more devils than vast hell can hold:

That is the madman. The lover, all as frantic,

Sees Helen's beauty in a brow of Egypt.

The poet's eye, in a fine frenzy rolling,

Doth glance from heaven to earth, from earth to

heaven,

And as imagination bodies forth

The forms of things unknown, the poet's pen

Turns them to shapes, and gives to airy nothing

A local habitation and a name.

(Act 5 Scene 1, 4-17)

シーシュース   恋するものと気ちがいはともに頭が煮えたぎり、

ありもしない幻を創り出すのだ、そのために

冷静な理性では思いもよらぬことを考えつく。

狂人、恋人、それに詩人といった連中は、

すべてこれ想像力のかたまりと言っていい。

広い地獄に入りきれないほどの悪魔を見る、

それが狂人だ。恋人もそれに劣らず狂っていて、

色黒のジプシー女に絶世の美女ヘレンを見る。

詩人の目は、恍惚とした熱狂のうちに飛びまわり、

天より大地を見わたし、大地より天を仰ぐ。

そして想像力がいまだ人に知られざるものを

思い描くままに、詩人のペンはそれらのものに

たしかな形を与え、ありもせぬ空なる無に

それぞれの存在の場と名前を授けるのだ。

（小田島訳）

　シーシュースによると、恋する者や精神を病んだ人は頭の中が煮えたぎり、在りもしない幻を作り上げてしまうし、恋する者はジプシー女の顔にさえ絶世の美女ヘレンを見てしまう。同様に詩人の頭の中にも想像が詰まっていて一瞬にして見えない物に形と名前を授けてしまう。

　人間個人がある特定の人を命がけで恋してしまうことがある。生物の中で特に人間が持つこの現象は恋する人の性質と心の構造が目に見えない自然の力によって左右されているとも考えられる。しかし頭の中が煮えたぎった人達、即ち、恋する者、精神を病んだ人、詩人の頭の中ではどのような力が作用しているのだろうか。

　最初にまず生物学的見地から見た場合、どのような物質が作用しているのか、その仕組みを見ることにする。恋する者、精神を病んだ人、詩人の頭は神経が異常な興奮状態となり、冷静に思考し物事を判断しようとする人からは想像の出来ない彼らだけの世界が頭の中に存在し、そしてその人しか入り込めない空間を持っていると想像出来る。しかし生物学的には、神経における興奮の伝導、伝達の働き、さらに興奮状態になると神経伝達物質「シナプス」の存在が大きな要因の一つになるようだ。

　ニューロン間、もしくはニューロンと非ニューロン標的細胞の連結はシナプスsynapsesと呼ばれる。シナプスでは、神経伝達物質neurotransmitterが前シナプス端末から放出され、これにより後シナプス端末のリ

ガンド依存型イオンチャネルligand-gated ion channelが開口して、受容細胞において活動電位が開始する。脊椎動物神経系の全体としての複雑さは計り知れないものがある。ヒト脳には10^{11}個のニューロンがあり、それぞれが約10^3個の他のニューロンとシナプスを形成している。神経系の機能はニューロンの配置と連結に依存しており、それは胚発生期に達成されるが、最終産物としての複雑さは、多数の極めて単純な過程が順番に制御されることによってなされるのである。

Jonathan Slack著、大隅典子訳（2002）：221

ここでいうニューロンは、神経細胞体、神経突起（軸索）、樹状突起の3つで成り立っていて、ある興奮を受けた生物は、その神経細胞の興奮が伝導、伝達されるしくみを有している。さらに刺激には適当刺激 'adequate stimulus' と不適当刺激 'inadequate stimulus' が存在するようだ。適当刺激とは「ある感覚細胞または感覚器官が自然の状態で受け取る刺激。眼における光、耳における音波の類。これに反して眼に対する機械的刺激や、一般に電流による刺激のように不自然なものを不適当刺激という」（『広辞苑』）。これらのことを考えると夜の森にいた若者達は不適当刺激によって感覚細胞の興奮が生じた為に恋する相手を取り違えてしまったのだろうか。また夜の森であることで、光も十分でなく明るさが興奮に作用したとも考えられる。光による興奮については次のような記述がある。「光（光量子）によって興奮する感覚細胞は、脊椎動物では眼の網膜にある視細胞visual cellである。視細胞には、桿体細胞 'rod cell'（桿体）と錐体細胞cone cell（錐体）の2種類があり、前者はうす暗いときにはたらき、後者は明るいときにはたらく。桿体細胞の興奮は、外節に多量に含まれている視物質すなわち感光色素の一種であるロドプシンrhodopsin（Gk. *rhodon*, rose; *opsis*, sight; 視紅 visual purpleともいう）の光化学変化（分解）によってはじまる。しかし、どのようにして視細胞の興奮がおこるか、どのようにして視神経に伝えられるか、などに

ついては不明である。」（三宅貞祥（監修）他編者（1984）：104-105）。光が
十分でない暗い森では桿体細胞rod cellが若者達に働いた事は疑う余地が無
いと感じる。さらに恋する相手を取り違える彼らの神経はどのような状態で
あったのだろうか。自律神経系には二つの系統があるようだ。「自律神経系
autonomic nervous systemは、はたらきの異なる二つの系統、すなわち交
感神経系sympathetic n. s. と副交感神経系parasympathetic n. s. とがある。
ほとんどの内臓器官に、この2種類の神経が分布し、意識に関係なく自動的
に器官や腺のはたらきを調節している。一般に、交感神経系には脊髄の両側
に沿って多くの神経節があり、節後のニューロンとシナプスをつくる。副交
感神経系の大部分は脳から（脳神経；迷走神経）、一部は脊髄の下部から出
て（仙髄神経）、支配する効果器の近くに神経節がある。交感神経系と副交
感神経とは、互いに別々の離れたところから出発しているが、最後には同じ
効果器に達し、互いに拮抗的にはたらいて調節する。これらの自律神経系の
効果器へのはたらきの機構は、ニューロンどうしのシナプスではたらく伝達
物質と同じで、神経節後のニューロンの末端が効果器へ伝達する物質は、交
感神経ではノルアドレナリン、副交感神経ではアセチルコリンである。ただ
し、交感・副交感両神経でも、神経節での伝達物質はアセチルコリンであ
る。一般に、自律神経は大脳と関係なく反射的にはたらいているが、大脳皮
質の影響を受けることもある」（前掲書と同じ引用：117-118）。興奮状態の
若者たちの神経には、二つの神経が自動的に器官や腺へのはたらきを調節し
ていたのだ。すると、彼らが無意識の状態であるのに神経の調節が狂って恋
の相手を取り違える羽目になってしまったことになる。

　さらにシナプスでの興奮伝達に関わる化学物質が神経の興奮伝達の要素と
なっている。恋する心にはこのような興奮伝達のしくみが作用していると考
えられる。また伝導速度はニューロンが有髄神経繊維を有するか、無髄神経
繊維を有するかにより伝達速度が大きく異なり動物の神経伝導速度は、髄鞘
の有無、神経繊維の太さ、温度、の3つが伝達速度と関係し高等動物になる

ほど興奮伝導速度が大きく作用するようだ。シナプスから放出された神経伝達物質が次の細胞を興奮させたり抑制したりすることで、愛する気持を伝達する化学物質、アセチルコリン、アドレナリン、アミノ酸、ペプチド等の存在を知ることが出来るといわれている。

　これらのことを考えながらもう少し『夏の夜の夢』における登場人物たちの成り行きを観察してみよう。既述したように、かつては自分を愛してくれたディミートリアスが今はハーミアに夢中になり、自分に冷たいディミートリアスの心を取り戻そうと恋慕うヘレナに同情した妖精の王オーベロンは四人が眠る森の中で「三色すみれ」の汁を眠っているディミートリアスの眼に振り掛けるようにパックに命令する。この汁を掛けられた者は目覚めて最初に見た者を愛してしまう魔法の力を持っているからである。そこでディミートリアスが最初にヘレナを見るように仕向けるが、悪戯好きなパックは間違えた振りをして眠っているライサンダーの眼に振り掛け、ライサンダーは目覚めて最初にハーミアではなくヘレナを見てしまう。そこで恋の糸が三角関係、いや四角関係に縺れて大変な騒ぎとなる。

　妖精の王オーベロンは四人の縺れた恋心の糸を修復するようにパックに再び命じ元通りに修復し、無事に二組の相思相愛のカップルが誕生しハッピーエンディングとなるが、恋人達が経験した一夜の不思議な体験について、シーシュースの語った言葉に対してヒポリタは次の様に言う。

Hippolyta　　　But all the story of the night told over,

　　　　　　　　And all their minds transfigured so together,

　　　　　　　　More witnesseth than fancy's images,

　　　　　　　　And grows to something of great constancy;

　　　　　　　　But howsoever, strange and admirable.

　　　　　　　　　　　　　　　　　　　(Act 5 Scene 1, 23-27)

> ヒポリタ　　　それにしてもゆうべの話をすっかり聞いて、
> 　　　　　　　みんなの心がそろっておかしくなったことを知ると、
> 　　　　　　　想像力が生み出す幻とは言えない、それ以上の、
> 　　　　　　　大きな現実の力が働いているように思われるけど。
> 　　　　　　　とにかく驚くべき不思議な話と言うほかないわ。

（小田島訳）

　ここでヒポリタは若者四人が揃って一夜の間に心変わりを体験したことに納得行かず、ただの空想の世界では片付けられない、大きな不変の力が働いているのではないか、といぶかっている。ヒポリタが不思議がるように、自然界的見地から見た場合、若者達の心変わりが夜の森の中という状況で生じている事に問題がある。森の植物の持つエネルギー代謝が若者達に影響を及ぼしていたと考えられるからである。このエネルギー代謝とは「生態系、また生体における物質代謝と関連して行われるエネルギーの出入・変換。一般に植物は太陽光線のエネルギーを化学的エネルギーに変え、動物はこの化学的エネルギーを熱および機械的エネルギーなどに変えて体温維持・運動などを行う。エネルギー交代」（『広辞苑』）。その事を考えるとエネルギー代謝が森に眠る若者達に影響した可能性も出て来るであろう。

　未だかつて森の中で眠る等といった経験をしたことがない四人の若者達がこの夜、森で眠ったために多くのエネルギーを植物から浴びる事になりエネルギー代謝がコントロール出来なくなり、その結果心変わりという異変を引き起こしたのではないか。

　ちなみに四人の若者たちに異変を起こしたと考えられるエネルギーの代謝率とは「活動時に消費するエネルギー量から安静時の消費エネルギー量を引き、それを基礎代謝量で割った数。個人の体格の大小に関係なく、活動の肉体的負担の程度を表し、また消費熱量の算出に利用する」（前掲書と同じ引用）。さらに基礎代謝については、「生命を維持するのに必要な最小のエネル

ギー代謝。普通、仰臥安静にしている状態で一定時間に消費する熱量で表す。年齢・性により異なり日本人の成人男子で1日1400キロカロリー、成人女子では1200キロカロリーぐらい。」(前掲書と同じ引用)。である。

　森の植物から放出される化学的エネルギーの存在を知るとパックの使う三色すみれの汁もまた魔法の力を持っていることに信憑性がある。これらを考え合わせると『夏の夜の夢』には夜の森における植物のエネルギーと三色すみれの汁、それらを浴びた若者達との関連、が描かれているのであって「夏の夜」という言葉の中には自然界からの多くの影響という意味が含まれている事に気づく。

　恋する若者達は、植物のエネルギー代謝、シナプスの働き、妖精が摘んできた三色すみれが若者達の心変わりという大事件を引き起こした。しかし四人の恋人達は、何故恋の虜になったのだろうか。ここで思い当たるのがAct 5 Scene 1, 4-17で、シーシュースのいった言葉、'The lover, all as frantic, / Sees Helen's beauty in a brow of Egypt…'「恋人もそれに劣らず狂っていて、色黒のジプシー女に絶世の美女ヘレンを見る。」である。この言葉は、ろばの頭をしたボトムを好きになるタイテーニアのような妖精とジプシー女にヘレンの美しさを見いだす、恋する人間との共通点として恋の盲目性があることを伝えている。そこで先に述べているが、シーシュースの次の言葉、'And as imagination bodies forth / The forms of things unknown, the poet's pen / Turns them to shapes, and gives to airy nothing / A local habitation and a name.'「そして想像力がいまだ人に知られざるものを思い描くままに、詩人のペンはそれらのものにたしかな形を与え、ありもせぬ空なる無にそれぞれの存在の場と名前を授けるのだ。」となる。普通の人々には想像出来ても見えないものを、あたかも目の前に存在しているように見ているのが詩人といえるが、これと同じような現象が四人の若者たちにも現れていたと考えられる。こういう場合には恋してもいないのに恋していると錯覚し恋しているような気持ちになる。したがってこのような気持ちになっている若者達は、

恋していると錯覚している人に恋焦がれ、知らぬ間に未知の世界に入り込んでしまっていたと考えられる。Peter Milwardも次のように述べている。

Here we have a rare instance of Shakespeare telling us something about himself, with a certain amount of irony at his own expense. As he sees it, poetic inspiration is a "fine frenzy" that carries the poet not so much up to heaven as down from heaven to earth, and then up from earth to heaven. For its source is in heaven and thence it flows down to earth; yet it cannot remain long on earth, without seeking to rise up to heaven again. In heaven it contemplates "the forms of things unknown", as it were in a Platonic world of ideas; and on earth it "bodies forth" these forms in a rich variety of shapes. In heaven it gazes on "airy nothing", to which on earth it attaches "a local habitation and a name". Thus it shares, as it were, in the endless creativity of God himself.

Peter Milward (1982), Notes by Tetsuo Anzai: 13

シーシュースが 'The poet's eye, in a fine frenzy rolling, / Doth glance from heaven to earth, from earth to heaven：…' 「詩人の目は、恍惚とした熱狂のうちに飛びまわり、天より大地を見わたし、大地より天を仰ぐ」と描いている詩人と同じように若者達が入り込んだ世界は無の状態から具象的な形を生み出す詩の世界と同じと考えられる。

　ミルワードによる詩的霊感はプラトン的なイデアの世界に於いて「知られざる事物の形」を考えその考えた形をさまざまな姿形に具象化するのであってミルワードのいう「神ご自身の無限なる創造性」と関係している事になる。ここでいうイデアとは「もと、見られたもの・姿・形の意。プラトン哲学の中心概念で、理性によってのみ認識されうる実在。感覚的世界の個物の

本質・原型。また、価値判断の基準となる、永遠不変の価値。近世以降、観念、また理念の意となる。」(『広辞苑』) となったものである。これらを考え合わせると、五感、即ち、視覚、聴覚、嗅覚、味覚、触覚、の働きが恋する者の心に影響を与え、相手を決定づけるように作用しているのではないだろうか。

　従ってこのように多くの複雑な自然界の営みが目に見えない不可思議な力となって、若者達を襲ったのであり、若者四人の心の変化にヒポリタが納得いかない事もうなずける。しかしよく考えて見ると三番目の自然界の力として更にパックの大きな悪戯が働いていることが判ってくる。パックが若者達に降りかけた三色すみれの汁は、これを使うことによって森の植物のエネルギー代謝が更に活発になり、神経の興奮伝達物質の効き目が大きく働いたと考えられるからである。恋人たちの恋心に変化をもたらした三色すみれとはどのような花であろうか。

　パックが使った三色すみれは春から初夏に咲く花で、濃い紫色、黄色、白色など、一つの軸に三色の花や三色の斑の花が咲く。この花は「元来は乳白色であったのが、キューピットの矢を受けてから『愛の傷痕の紫』に変わったのだといわれる。また語源がパンセ (Pensée) に由来しているところから、思い、夢想、瞑想を表す。真剣な意志を伴わない愛」(『イメージ・シンボル事典』) である。これらを考えるとパックの使った三色スミレの汁は人間の恋心を、いとも簡単に変えてしまうことになる。

　そうすると、この三色すみれが一つの花の軸に三色の花をつけるほど欲張りということを表していて、一度に何人もの人間を愛する事が出来るということになり、人間という存在は好色という特徴を有していることになるのだろうか。'Pansy' は、めめしい男、また同性愛の男という意味も有している。ところで本来この三色すみれの汁は妖精王オーベロンが妻タイテーニアと喧嘩して故意に妻の眼に振り掛ける為に、パックに森に採りに行かせたものである。パックはオーベロンの望み通りにタイテーニアの眼に三色すみれの汁

を振り掛ける。さらにパックは大公シーシュースと婚約者ヒポリタの婚儀の日に、結婚のお祝いに二人の前で演ずる芝居の演技の練習をしていた機屋のボトムの演技が余りにも下手だったので、ボトムに悪戯をして、ろばの頭をかぶせてしまう。ボトムが演技の練習をしている傍らでタイテーニアは目を覚まし、ろばの頭をした機屋のボトムを愛してしまい彼に夢中になる。その間にオーベロンは、自分の計画通り事を運び妻がインドの王様から盗んで来て可愛がっていた男の子を横取りし自分の小姓にしてしまう。

　一方、人間に夢中になるタイテーニアは恋する者の恋心に潜む魔性を偶像化しているのか、彼女の愛の弓を射る偶像の的に選んだのが人間である機織工のボトムであった。

　タイテーニアは好きになった、ろばの頭をしたボトムに自分に仕える小妖精たち、「豆の花の妖精」、「蜘蛛の糸の妖精」、「蛾の羽根の妖精」、「芥子の種の妖精」、たちを紹介するが、こういう小妖精たちにはどのような意味があるのだろうか。それを知るために、まず、「蜘蛛の糸の妖精」に対してボトムの発した言葉から検討して見たい。

Bottom　　　I cry your worships mercy, heartily.—I beseech
　　　　　　your worship's name.
Cobweb　　　Cobweb.
Bottom　　　I shall desire you of more acquaintance, good
　　　　　　Master Cobweb. If I cut my finger, I shall make bold
　　　　　　with you.

(Act 3 Scene 1, 171-176)

ボトム　　　これはこれは失礼さんにござんすが、皆さんのお名前をう
　　　　　　かがわせてもらいたいんだがね。
蜘蛛の糸　　蜘蛛の糸です。

ボトム　　　　　これはこれは、今後ともよろしく、蜘蛛の糸君。指をけが
　　　　　　　　したときにはお世話になりたいものだ。

　　　　　　　　　　　　　　　　　　　　　　　　　　　（小田島訳）

　ボトムは「蜘蛛の糸」の妖精に「指をけがしたときにはお世話になりたい
ものだ」と言っている。蜘蛛の糸が傷を治すのだろうか。『イメージ・シン
ボル事典』は、一部は実際の観察に基づき、また一部は「病を治すクモ」と
いう伝承に基づいて「クモの巣は切り傷の出血を防ぐ（そのため、いくつか
の巣は残しておかなければならない）」という民間伝承があると説明してい
る。これはどういうことなのか更に調べてみると、蜘蛛の巣が傷を治す事に
関係している事がわかる。

　　　「蜘蛛の巣黴」接合菌類のかびの一種。菌糸は蜘蛛の巣状に這い、長柄
　　　の胞子嚢、また有性生殖体として接合胞子を形成する。その発酵作用を
　　　アルコール製造（アミロ法）に利用する。（『広辞苑』）

　さらに『英和大辞典』を見ると、これには 'amyl alcohol'（アミル・アル
コール）が関係している事もわかる。
　ここでわれわれはアルコールという言葉から直ぐに消毒という意味を想像
することになる。するとシェイクスピアが 'If I cut my finger, I shall make
bold with you.'「指をけがした時にはお世話になりたいものだ」とボトムに
言わせた言葉はシェイクスピアが蜘蛛の糸という言葉を意味もなくいたずら
に使ったのではなく「切り傷を治すクモの糸」を知っていて用いたと推察で
きる。
　さらにシェイクスピアが多くの『聖書』の言葉を取り入れていることにも
気づく事になるが、シェイクスピアが用いている「クモの糸」、「豆の花」、「蛾
の羽根」、「芥子の種」、が『聖書』の中でどのように用いられているか少し

見てみたい。

So are the paths of all that forget

God; and the hypocrite's hope shall perish:

Whose hope shall be cut off, and

whose trust shall be a spider's web.

(Job 8, 13-14)

すべて神を忘れる者の道はこのようだ。

神を敬わないものの望みは消えうせる。

その確信は、くもの糸、

その信頼は、くもの巣だ。

（傍点は筆者）

このように「ヨブ記」は、神を蔑ろにする者、神を敬わない者の安泰は消えうせ、頼みとするものはクモの巣のようだ、と神をおろそかにする者はクモの巣のようにもろく壊れてしまうことを蜘蛛の糸で表わしている。

また「イザヤ書」にはこう記されている。

They hatch cockatrice' eggs, and weave the spider's web; he that eateth of their eggs dieth, and that which is crushed breaketh out into a viper.

Their webs shall not become garments, neither shall they cover themselves with their works: their works are works of iniquity, and the act of violence is in their hands.

(Isaiah 59, 5-6)

彼らはまむしの卵をかえし、くもの巣を織る。

その卵を食べる者は死に、

卵をつぶすと、毒蛇が飛び出す。

そのくもの巣は着物にはならず、

自分の作ったもので身をおおうこともできない。

（傍点は筆者）

　「イザヤ書」の上述のこの言葉の説明を私はローマの詩人オウィディウスが伝えてくれている北欧神話の中にも見つける事が出来た。小アジアのコロンボの町にアラクネという娘がいた。父親のイドモンは染物の名人として名が高かったが、娘は機織にかけては、ならぶ者のない腕前をもっていた。とうとう彼女は自分の腕前を鼻にかけ、オリンポスの神々でもわたしほどたくみに機は織れないだろうと自慢するようになった。それが神々の中では第一の機織の名人である、オリンポスのアテナ（ローマ神話のミネルヴァ）の耳にはいった。人間がこれほど巧みな技を見せたのだから、これを心から祝福してやるべきであったかも知れないが、アテナは、腹を立てて、アラクネの織った布をずたずたに裂いて、手にしていた筬で娘を打ちすえた。アラクネは絶望し首をくくって死んだ。これを見てアテナに悔恨の念が起き、娘の屍に魔法の水をふりかけた。するとアラクネの体は、たちまち一匹の蜘蛛に変った。そして巧みに織る技だけがアラクネに残されたのであった。（山室静著（1963）参照）。この蜘蛛は「イザヤ書」に書かれている自分の作ったもので身をおおうこともできない蜘蛛と同種であろう。

　豆の花については「エンドウ豆はアイルランドの太女神で月の女神エイン Aineへ捧げられる。彼女は息子が不毛な土壌を嘆き訴えたとき、夜中にエンドウ豆を植えてやったからである。……太女神や供回りの魔女達との関連から、エンドウ豆は、結婚占いや恋の魔法として使われたり、いぼ、などを治す薬効がある」（『イメージ・シンボル事典』）。これもまた聖書中の

「豆」と結びついている。'Then Jacob gave Esau bread and pottage of len-
tiles; and he did eat and drink, and rose up, and went his way: thus Esau
despised his birthright.' (*Genesis* 25 : 34)「ヤコブはエサウにパンとレンズ
豆の煮物を与えたので、エサウは食べたり、飲んだりして、立ち去った。こ
うしてエサウは長子の権利を軽蔑したのである」(傍点は筆者)。「創世記」
はヤコブの家族の物語を中心にしながら世界創造の物語からヨセフの死まで
の神話、伝説を記したもので、アブラハム・イサク・ヤコブ・ヨセフの救世
の展開が書かれていて次のような記述がある。'Brought beds, and basons,
and earthen vessels, and wheat, and barley, and flour, and parched corn,
and beans, and lentiles, and parched pulse, And honey, and butter, and
sheep, and cheese of kine, for David, and for the people that were with
him, to eat: for they said, The people is hungry, and weary, and thirsty, in
the wilderness.' (*Samuel* II, 17 : 28-29)「寝台、鉢、土器、小麦、大麦、小
麦粉、炒り麦、そら豆、レンズ豆、蜂蜜、凝乳、羊、牛酪を、ダビデとそ
の一行の食糧として持ってきた。彼らは民が荒野で飢えて疲れ、渇いている
と思ったからである」(傍点は筆者)。'…And the Philistines were gathered
together into a troop, where was a piece of ground full of lentiles: and the
people fled from the Philistines. But he stood in the midst of the ground,
and defended it, and slew the Philistines: and the LORD wrought a great
victory.' (*Samuel* II,23 : 11-12)「ペリシテ人が隊をなして集まったとき、そ
こにはレンズ豆の密生した一つの畑があり、民はペリシテ人の前から逃げた
が、彼はその畑の真中に踏みとどまって、これを救い、ペリシテ人を打ち殺
した。こうして、主は大勝利をもたらされた」(傍点は筆者)。

'Take thou also unto thee wheat, and barley, and beans, and lentiles,
and millet, and fitches, and put them in one vessel, and make thee bread
thereof, according to the number of the days that thou shalt lie upon thy
side, three hundred and ninety days shalt thou eat thereof.' (*Esekiel* 4 : 9)

「あなたは小麦、大麦、そら豆、レンズ豆、あわ、裸麦を取り、それらを一つの器に入れ、それでパンを作り、あなたがわきを下にして横たわっている日数、すなわち、三百九十日間それを食べよ」（傍点は筆者）。こうして、「豆」がパンと共に大切な糧の一つであったことを伺い知ることができる。

次に蛾の羽根 'Moth' についての『聖書』の記述を見てみよう。'Therefore will I be unto Ephraim as a moth, and to the house of Judah as rottenness.' (*Hosea* 5：12)「わたしは、エフライムには、しみのように、ユダの家には、腐れのようになる」（傍点は筆者）。

また「虫」について「マタイ」にはこう書かれている。'Lay not up for yourselves treasures upon earth, where moth and rust doth corrupt, and where thieves break through and steal: But lay up for yourselves treasures in heaven, where neither moth nor rust doth corrupt, and where thieves do not break through nor steal' (*Matthew* 6：19-20)「自分の宝を地上にたくわえるのはやめなさい。そこでは虫とさびで、きず物になり、また盗人が穴をあけて盗みます。自分の宝は、天にたくわえなさい。そこでは、虫もさびもつかず、盗人が穴をあけて盗むこともありません」（傍点は筆者）。と書かれているが、この「マタイ」に現れる虫は、蛾のことであろう。

するとこの蛾は 'all the yarn she spun in Ulysses' absence did but fill Ithaca full of moths.'「彼女（ペネロペ）が夫ユリシーズの遠征中に糸を紡いでいたら、その留守中にイタカじゅうの男がガのように群がってきた」（『コリオレーナス』一幕三場）と、蛾と結びついていることが判るし。'a moth of peace'「平和をむさぼる蛾」とシェイクスピアが述べている（『オセロー』一幕三場）ように蛾が忌み嫌われていることも理解できる。

次に芥子の種 'Mustard seed' についてはどうであろうか。『イメージ・シンボル事典』には「小さな種から大きく成長するために（ある種のカラシは３メートルにまでなる）、豊饒、豊産を表わす。『マタイ』13, 31〜では、天国のたとえに使われており、『タルムード』にも言及がある。一度ま

くと除去するのがむずかしい植物、健康に大変よい」と書かれている。「マタイ」にもこう書かれている。'Another parable put he forth unto them, saying, The kingdom of heaven is like to a grain of mustard seed, which a man took, and sowed in his field: Which indeed is the least of all seeds: but when it is grown, it is the greatest among herbs, and becometh a tree, so that the birds of the air come and lodge in the branches thereof.' (*Matthew* 13:31)「イエスは、また別のたとえを彼らに示して言われた。『天の御国は、からし種のようなものです。それを取って、畑に蒔くと、どんな種よりも小さいのですが、生長すると、どの野菜よりも大きくなり、空の鳥が来て、その枝に巣を作るほどの木になります』」（傍点は筆者）。このように「マタイ」に書かれている芥子の木の持つ力強さを知ると、ボトムが芥子の種に言った言葉 'Good Master Mustard seed, I know your patience well.'「カラシの種君、きみの忍耐強さはよく知っています」はこの『聖書』の言葉から来ていたのではないかと想像しても間違いはないように思われる。

　このように『聖書』を背景にしている「クモの糸」、「豆の花」、「蛾の羽根」、「芥子の種」、という妖精たちは人間界に何をもたらすのであろうか。『イメージ・シンボル事典』によると、'Fairy'「妖精」は「（心理学）人間の精神の超能力を意味し、これまで潜在していた可能性の突然の顕現を表す。伝説によく出てくる忘れられた妖精とは挫折した行為をさし、妖精の国とは、避難所、夢の国のことで、しばしば子供時代の『安全圏』への退行を意味する」と書かれている。

　こういう心理学における妖精の意味を考えると、幸せな気持が最高潮に達している現象と妖精は結びついており、妖精は結婚式に現れるのが相応しい存在といえるし、この超自然力を持つ妖精達がいたからこそ『夏の夜の夢』がわれわれを無限に広がる夢の世界へと誘ってくれるのであろう。

　ところで何故シェイクスピアはロバの頭をボトムに被せたのであろうか。

　この点を検討する場合にもろばと神々との関係を知る必要がある。

「ろば」は、

(1)「第2の太陽」としての能力をもつサトゥルヌスを表象する。また地下に住む三位一体の悪魔 daemon triumphs を表す。この怪物の3つの頭は、それぞれ物質の3つの根源である、水銀、塩、硫黄よりなる。
(2) ヤハウェ Yahweh と関連をもつ。この神の Ja（Ya）- は、神性を表す最も基本的な語幹であり、「永遠に存する」という意味を表す。たとえば、Jacob（ヤコブ）、Jahweh（ヤハウェ）、Jesus（イエス）、Joshua（ヨシュア）、Jachin（ヤキン）、Jupiter（ユピテル）（各母音はとりかえることができる）。また、ユダヤ起源の物語に、セトはロバに乗ってホルス Horus のもとより逃れ、のちにヘブライの父となり、神となった（この神よりエドム－アダムが生まれた）という話がある。この物語は、エドム－アダムがセトの息子という系図を説明するものであり、またセトを死と再生とに関連づけるものでもある。(3) キリストを象徴する動物。キリストはメシアに関する預言を実現するものである。……ロバは「心の純朴なるもの」であり、異教徒やユダヤ人に心の安らぎを教えるために、彼らのもとへ送られた。

『イメージ・シンボル事典』

　以上のことを考慮に入れながら『聖書』の中のろばを覗いて見ることにする。
　神の独白である「ヨブ記」に「野ろば」と言う言葉がでている。'Who hath sent out the wild ass free? or who hath loosed the bands of the wild ass? Whose house I have made the wilderness, and the barren land his dwellings.' (*Job* 39：5-6)「だれが野ろばを解き放ったのか。だれが野生のろばの綱をほどいたのか。わたしは荒れた地をそれの家とし、不毛の地をそれの住みかとした」（傍点は筆者）。

　また、「サムエル記」（Ⅰ：9-10）ではサウルは父のろばを探しに行く道中でサムエルから王に選出される話が記述されている。サウルがダビデを後継者として仕えさせる事の起こりは、次の通りでありこのことからサウルがダビデと繋がりを持つこととなる。'And Jesse took an ass laden with bread, and a bottle of wine, and a kid, and sent them by David his son unto Saul.' (*Samuel* Ⅰ, 16：20)「エッサイはパン、ブドウ酒の皮袋1つ、仔ヤギ1頭をロバに乗せ、ダビデに託してサウルに贈った（『サムエル上』16, 20）.」（傍点は筆者）ロバは、「ヤハウェの双子の息子とみなされるキリスト、サタンの二重性を象徴する、この2人は、無意識の全体を形づくるものとされ、相反するものの結合、すなわち天国と地獄、全人Total Man の精神的側面と悪魔的（動物的）側面を表す。このことはまた、ロバがときに応じてこの両面のどちらかを表すようになった次第を示している。」（『イメージ・シンボル事典』）。

　聖書中のろばの一例として、「士師記」には、ろばが次のような場面に出て来る。'Speak, ye that ride on white asses, ye that sit in judgment, and walk by the way.' (*Judges* 5, 10)「黄かっ色のろばに乗る者、さばきの座に座する者、道を歩く者よ。よく聞け」（傍点は筆者）。『イメージ・シンボル事典』によると、ここではロバは雌のロバのことであり、white は「灰色の」という意味である。灰色のロバに乗るものとは、「士師」、救世主を表し、のちにはメシヤや主を表した」と書かれている。

　士師は、イスラエルで王国成立前、ヨシュア以後サムエルの時期まで紀元前1200年頃から前1000年頃、民衆の指導者となった者たちのことであり、ろばは、「デボラの歌」にも出てくる。イスラエルに民族の指導者がいなかった時代に、周囲の他民族による襲撃からイスラエルを守るために、神より霊の力を受けた有能の士が、相ついで立ち上がった。「デボラの歌」といわれる戦捷歌は、そのような士師たちに関する「デボラがメギドに近きキション川に沿ったエズレルの谷で敵シセラを打破った直後に、その勝利を祝って歌

われたもので、……」（気賀重躬他編集（1956）：75）。デボラの歌にもまた「イ
ザヤ書」「出エジプト記」にも出てくる。‘…I have nourished and brought
up children, and they have rebelled against me. The ox knoweth his own-
er, and the ass his master's crib: but Israel doth not know, my people doth
not consider.’（*Isaiah* 1：2-3)「子らはわたしが大きくし、育てた。しかし
彼らはわたしに逆らった。牛はその飼い主を、ろばは持ち主の飼葉おけを
知っている。それなのに、イスラエルは知らない。わたしの民は悟らない」
（傍点は筆者）。‘That thou shalt set apart unto the LORD all that openeth
the matrix, and every firstling that cometh of a beast which thou hast; the
males shall be the LORD's. And every firstling of an ass thou shalt redeem
with a lamb; and if thou wilt not redeem it, then thou shalt break his neck:
and all the firstborn of man among thy children shalt thou redeem.’（*Exodus*
13：12-13)「すべて最初に生まれる者を、主のものとしてささげなさい。あ
なたの家畜から生まれる初子もみな、雄は主のものである。ただし、ろばの
初子はみな、羊で贖わなければならない。もし贖わないなら、その首を折ら
なければならない。あなたの子どもたちのうち、男の初子はみな、贖わなけ
ればならない」（傍点は筆者）。

　ろばの初子が別格で、その代わりに羊を捧げられるかその首を折らねばな
らないとされていることから、ろばに特別の位置が与えられていることが判
る。それに関連して「マルコの福音書」（11, 1-7）にはイエスがエルサレム
の近くに来て、オリーブ山のふもとのベテパゲとベタニヤに近づいた時、自
分が乗るために弟子を使いに出し、ろばの子を村から連れて来るようにいっ
た。弟子は連れてきたろばに自分たちの上着を掛け、初めてろばにイエスが
乗る。そのことを知るとろばが尊い存在で別格扱いされていることも判る。
‘If thou meet thine enemy's ox or his ass going astray, thou shalt surely
bring it back to him again. If thou see the ass of him that hateth thee lying
under his burden, and wouldest forbear to help him, thou shalt surely help

with him.' (*Exodus* 23 : 4-5)「あなたの敵の牛とか、ろばで、迷っているのに出会った場合、必ずそれを彼のところに返さなければならない。あなたを憎んでいる者のろばが、荷物の下敷きになっているのを見た場合、それを起こしてやりたくなくても、必ず彼といっしょに起こしてやらなければならない」(傍点は筆者)。

　さらにろばは、予言の能力を持つ。バラムのろばは主人を乗せて出かけようとした時バラムには見えない天使の姿を目にする。主の使いがバラムに敵対しバラムの行く手を立ち塞ぐがバラムにはその姿が見えない。そこでろばは身を交わしてわきの畑に向かった。バラムは怒ってろばを打ったがろばは主の使いの剣の危険から三度も身をかわし進もうとしない。そこでバラムは何度も鞭でろばを打った。その時主が現れる。'Then the LORD opened the eyes of Balaam, and he saw the angel of the LORD standing in the way, and his sword drawn in his hand: and he bowed down his head, and fell flat on his face. And the angel of the LORD said unto him, Wherefore hast thou smitten thine ass these three times? behold, I went out to withstand thee, because thy way is perverse before me: And the ass saw me, and turned from me these three times: unless she had turned from me, surely now also I had slain thee, and saved her alive.' (*Numbers* 22 : 31-33)「そのとき、主がバラムの目のおおいを除かれたので、彼は主の使いが抜き身の剣を手に持って道に立ちふさがっているのを見た。彼はひざまずき、伏し拝んだ。主の使いは彼に言った。『なぜ、あなたは、あなたのろばを三度も打ったのか。敵対して出て来たのはわたしだったのだ。あなたの道がわたしとは反対に向いていたからだ。ろばはわたしを見て、三度もわたしから身を巡らしたのだ。もしかして、ろばがわたしから身を巡らしていなかったなら、わたしは今はもう、あなたを殺しており、ろばを生かしておいたことだろう』」(傍点は筆者)。

　ろばがイエスとして特別扱いされて来た事も判る。「中世では、南フラン

スにロバのミサがあり、マリアのエジプトへの逃亡を祝して、ロバの祝祭 Festum Asinorumのときに捧げられたと考えられる。キリストを表すロバは、黄金や祝祭の衣服で飾られ、祈りはアーメンではなく、ロバのいななきで応唱された。」（『イメージ・シンボル事典』）。これらの事を考えると、『聖書』の中でさまざまな意味で用いられていると同時に古来よりろばが、人々と特別のつながりを持っていたことが理解できる。さらに「ろば」は『聖書』の中で神聖な乗り物として扱われている（「マタイ」21, 7）反面、「ろば」が情欲や淫らさを表すこともある。'Yet she multiplied her whoredoms, in calling to remembrance the days of her youth, wherein she had played the harlot in the land of Egypt. For she doted upon their paramours, whose flesh is as the flesh of asses, and whose issue is like the issue of horses.' (*Ezekiel* 23：19-20)「しかし、彼女は、かつてエジプトの地で淫行をしたあの若かった日々を思い出して、淫行を重ね、ろばのからだのようなからだを持ち、馬の精力のような精力を持つ彼らのそばめになりたいとあこがれた」（傍点は筆者）。

　ローマでもろばが情欲の意味を持つとされていた。古代イタリア人の神であるサトゥルヌスが黄金時代と言われる治世を治めていた頃、この神を崇めるために毎年冬にはサトゥルナリア（サトゥルヌス祭）が行われ、この祭りの期間中は一切の公務が休止され戦闘や刑罰の執行は延期され人々も奴隷達も自由に振舞うことが許された。サトゥルナリア祭が行われている間に王が選ばれ、王は、ろばの耳をつけ思う存分振舞った。妻達も自由に振舞ったのであろうか、ろばは、妻の不貞をも表していた。イタリアでは、ろばは「角」と同じ意味を持っていた。この他にも、ろばに関する多くの記述がある。こうしてボトムの頭を「ろば」の頭にしたシェイクスピアの真意が我々に伝わってくることになる。

　ここでもう一度タイテーニアが、ろばのボトムに恋してしまう様子を見て見よう。タイテーニアが夢心地の眠りから目が覚めた時に傍らにいた、ろば

の頭のボトムに一目ぼれし自己紹介する。'I am a spirit of no common rate: / The summer still doth tend upon my state; / And I do love thee. Therefore go with me.'（Act 3 Scene 1, 146-148）「私はこう見えても卑しからぬ身分の妖精です、いつでも夏が私にかしずいていてくれているのです、その私が愛するのです、だから私のそばにいつまでもいらして、」（小田島訳）このように自己紹介しながら、自分のことを身分の高い位であると、ろばのボトムに告げている。妖精の女王が誘惑したボトムについてはパックがその身分について言及している。'My mistress with a monster is in love. / Near to her close and consecrated bower / While she was in her dull and sleeping hour / A crew of patches, rude mechanicals / That work for bread upon Athenian stalls, / Were met together to rehearse a play / Intended for great Theseus' nuptial day.'（Act 3 Scene 2, 6-13）「女王様が化け物相手に恋をなさいましてね。あの人目につかぬ聖なる四阿<ruby>四阿<rt>あずまや</rt></ruby>のすぐそばで、女王様がそこでうとうと眠っているのも知らないで、アテネの店でパンをかせぐその日暮らしの連中が、つまりばかばっかりの礼儀知らずの職人連中が、集まっていたのです、シーシュースの婚礼の日に芝居をお見せしょうというんでその稽古のために。」（小田島訳）とパックが言っているように、ボトムは正に 'from top to bottom' トップの女王と比べるボトムはどん尻と言われる程女王タイテーニアとは「月とすっぽん」、「美女と野獣」ほどの違いがあり、また音楽の高音から低音の世界と共通している。透き通る音で鳴り響く高音の女王タイテーニアと象がのっしのっしと行進しているように響く低音のボトム。

　身分不相応なろばの頭のボトムを愛してしまった妖精の女王タイテーニアは眠っている間中、われわれには聞こえない宇宙の音楽を聴いていたのかもしれない。聴いていただけではなくその神秘的で魅惑的な音楽に誘われて不可思議な恋の世界に導かれたのかも知れない。実際に宇宙の音楽についてイタリア出身の哲学者、政治家、音楽理論家Boethius（480頃-524頃）が思弁

的音楽論で音楽を学問として捉えていて宇宙の音楽の存在を知ることができる。「古代以来の音楽の三分法（宇宙の音楽、肉体的調和の音楽、道具の音楽）のうち、抽象的かつ観念的で実際の耳には聞こえない宇宙や人間の音楽……」。（高橋浩子他編著（1996）：14）と言及している。『夏の夜の夢』の音楽の世界では妖精と人間が身分の上下、美醜、に関係なく自由に恋を楽しむ様が描かれているがその世界は、Charles Robert Darwinの描いた音楽と不思議に一致している「『音楽は、異性を求め、誘う行為』だと言ったのは、進化論で有名な生物学者のチャールズ・ダーウィン。」（服部幸三監修（2003）：18）。チャールズ・ダーウィンが意味する世界こそタイテーニアが入り込んだ世界と共通している。前述した『聖書』の世界を背景にしているろばの頭のボトムに心を奪われ、目覚めた時に傍にいたろばの頭のボトムを誘惑せずにはいられなかったのであろう。

　ボエティウスのいう宇宙の音楽や、ダーウィンの音楽を知ると、ろばや、「豆の花」、「蜘蛛」、「蛾」、「芥子の種」、たちが『聖書』で確認出来たのと同様に『夏の夜の夢』だけでなく音楽もまた『聖書』とも切り離す事が出来ない。

　ローマカトリック教会で古くから歌われている単旋律のグレゴリオ聖歌に見られるように、中世においては音楽が教会や修道院に存在していて、そこからグレゴリオ聖歌も誕生した。「このグレゴリオ聖歌は、「大グレゴリウス」と呼ばれて修道士たちに愛されてきた教皇グレゴリウス1世（在位590-604）が、精霊から霊感を受けて創ったといわれている。……しかし実際には、多くの教皇たちがその編纂に関わり、今の形ができ上がったのはグレゴリウス1世の時代よりずっと後だったようだ。」（前掲書と同じ引用：36）。グレゴリオ聖歌のメロディーは幻想の世界にも誘ってくれるであろう。タイテーニアもまた眠っている間に宇宙の音楽を耳にし、精霊から霊感を受けたのかも知れない。幻想の世界に迷い込みトランス状態の内に通常では考えることの出来ない精神状態に陥ったのかも知れない。タイテーニアが眠っていた 'midsummer' は、一年を通して北半球の昼が最も長く、夜が最も短い夏

至の時期であった。この（6月22日頃）夏の夜は月も加わり幻想的な明るさが生じていたと考えられる。タイテーニアは夢の世界をさ迷っていたのかも知れない。その状態はいわゆる「白日夢」に似ていたといえよう。「白日夢」についてSigmund Freudが興味深い事を述べている。

> 「白日夢は思春期前にあらわれ、早くも子供時代の後期にもよくあらわれ、成年期まで続き、それから消えてしまうこともあるし、晩年までこびりついて残ることもある。この空想の内容は、一つの非常に透明な動機に支配されている。それは場面とか、事件で、その中で利己主義的な功名心や権力欲、あるいはエロチックな願望がみたされる。青年では、たいてい功名心の空想が第一で、女性では、功名心は恋の勝利が中心になっているため、エロチックな空想が第一になる。しかし男性でも、エロチックな欲求がその背後にかくれている。すべての英雄的行為や成功も、結局は、女性の賞讃と寵愛を得る手段といえる。」
>
> フロイト、安田徳太郎・安田一郎訳（1970）：106-107

　この記述での恋の勝利や性的欲求は正にタイテーニアが夫に対する愛情表現の挑戦と一致し、ボトムが夢で不思議な世界に迷い込んだ夢と一致している。さらにこのフロイトが述べている白日夢がこの『夏の夜の夢』のことを意識しているのではないかと想像したくなるようなことを述べている。「白日夢は文芸作品の素材になる。作家は自分の描く白日夢を変形し、扮飾し、簡潔にして、それを小説、物語、戯曲に盛る。白日夢の主人公はつねに直接に自分自身か、あるいは他の人とはっきり同一視された自分自身である」（前掲書と同じ引用：107）。フロイトのいう作家はシェイクスピアかも知れない、劇作家の一人であるシェイクスピアが夢を煮えたぎらせた結果、産み出された空想の産物が『夏の夜の夢』と考える事も可能であろう。

　妖精の女王が恋する相手に選んだ、ろばの頭のボトムは余りにも女王の

身分のタイテーニアに相応しくないが、『聖書』の中でろばがキリストの象徴、サタンの二重性、天国と地獄の精神的側面と悪魔的側面、予言の能力、イエスの神聖な乗り物など、様々な役割を持っていたし、情欲、淫らさ、不貞の象徴なども表していることをすでにわれわれは知っており、仲違いをしていた夫オーベロンが、妻のタイテーニアが眠りから覚めた時に、最初に見た者がどんな者であろうと、恋をするように仕組んだ時に、タイテーニアは様々な能力を持つ、ろばのボトムと遭遇している。ろばの頭をしたボトムこそタイテーニアが求めていた恋の相手に相応しかったともいえる。タイテーニアの心にはボトムへの恋情が一杯詰まっていて、タイテーニアの心は『聖書』の「雅歌」で詠われているような心になっていて 'Many waters cannot quench love, neither can the floods drown it.' (*Solomon*, 8, 7)「大水もその愛を消すことができません。洪水も押し流すことができません」。という気分であったに違いない。

　タイテーニアの恋心と同様に、恋しいヒポリタとの結婚を四日後に控えたアテネの大公シーシュースが饗宴係のPhilostrateに次のように言った言葉を思い出す。'Stir up the Athenian youth to merriments. / Awake the pert and nimble spirit of mirth. / Turn melancholy forth to funerals— / The pale companion is not for our pomp.' (Act 1 Scene 1, 12-15)「アテネの若者たちの心を喜びへと狩り立て、生き生きとした快楽の精神を目覚めさせてこい。憂鬱は追い出してしまえ、葬式にでもまかせるのだ、蒼白い顔はわれわれの晴れの儀式にふさわしくない。」(小田島訳) と言っていた。大公シーシュースも結婚の日を待ち遠しく思い喜びに包まれていた。憂鬱顔は葬式にまかせろというシーシュースの言葉もまた宗教音楽グレゴリオ聖歌の旋律『怒りの日』と通じているのかも知れない。この日はキリスト教において神が人類の罪悪を審判する日とするもので、カトリック教会で死者のミサに読誦するためのグレゴリオ旋律であることから、一切の憂鬱を大公シーシュースの結婚の祝い事から払拭したいという気持から饗宴係りに「憂鬱顔は葬式

にまかせろ」と言ったのであって、この言葉もグレリオ聖歌との関わりを想起させてくれる。

　アテネの大公シーシュースとアマゾンの女王ヒポリタの結婚、四人の若者達の縺れあった恋愛、タイテーニアと職工ボトムとの恋愛事件には、恋の複雑さと妙味が隠されている。さらにさりげなく登場している妖精「豆の花」、「蜘蛛」、「蛾」、「芥子の種」、達が聖書の中で生き生きと描かれていることを知ってみると『夏の夜の夢』が意外な広がりを有する作品である事が判る。

おわりに

　妖精であるパックの使用した三色すみれの汁によって恋する若者たちは、てんやわんやの騒ぎを引き起こした。またアテネの森でその汁を眠る目に振りかけられたタイテーニアはろばの頭のボトムを愛してしまう。そのボトムに紹介した「クモの糸」、「豆の花」、「蛾の羽根」、「芥子の種」の小妖精たち、またパックがボトムにかぶせたろばに関する記述が『聖書』には多く見られるし、ろばが特別扱いされている事にも気づいた。こうしてシェイクスピアがボトムの頭にかぶせるものとして特にろばの頭を選んだことが深く広い意味を含んでいることにも気づくこととなった。

　その結果、さらにシェイクスピア作品と『聖書』のつながりの緊密さも判ってきたが、この両者のつながりは「感化」といえるのではないだろうか。

　　私の確信するところによれば、聖書をよく理解すればするほど、即ち、われわれが一般的に解釈し、特にわれわれ自身にあてはめて考える一つ一つのことばが、ある事情、時、場所の関係に従って、独自の特殊な直接個人的な関連を持っていたことを悟り、味わえば味わうほど、聖書はますます美しくなる。(「格言と反省」から)

*

それゆえ、聖書は永遠に感化を与える書物である。なぜなら世界のある
限り、「私は聖書を全体としても個々についても理解している」と言う
ような人は現れないであろうから。われわれはむしろ「これは全体とし
て尊ぶべく、個々については応用し得る」と、謙遜して言うであろう。
（「格言と反省」から）

ゲーテ、高橋健二編訳（1952）：119-120

　人間に恋してしまう妖精と、恋する人間と『聖書』のつながり、さらにア
テネの森に咲き誇る草花と妖精たちの踊り、こうした夢見るような情景は無
限に広がる宇宙と規則正しい音楽のリズムとの調和を想起させてくれる。若
者達に仕掛けた妖精パックの恋の悪戯は、鮮やかに五感を捕え、「恋する者
や詩人」の頭のように、頭を煮えたぎらせたことであろう。シェイクスピア
は我々の心をその煮えたぎった者たちの神秘の世界に誘い、われわれを虜に
し、近代科学でもなかなか解明できないと思われる不思議な夢の存在をこの
『夏の夜の夢』で例証してくれているのである。

2
『ハムレット』における
登場人物は死の組曲

はじめに

　多くの評論家達がシェイクスピア劇に魅了され様々な観点から研究が行われている。一つの批評に対する反論が更に輪をかけたように起こりその戦いは終わることがない。正にこの『ハムレット』劇は、評論の山が高く積み上げられてゆき止る事が無い。Samuel Taylor Coleridgeはシェイクスピアの批評家達に対し次のように述べている。

　It is humiliating to reflect that, as it were, because heaven has given us the greatest poet, it has inflicted upon that poet the most incompetent critics:…

Samuel Taylor Coleridge : 163

　天が吾々に最大の詩人シェイクスピアを與へたがために、批評家達は全く無能となり、彼が迷惑してゐると考へることは恥しい次第である。

コールリッジ著、桂田利吉訳（1939）：172

　特にこの『ハムレット』劇は、ハムレットが発する言葉や独白が謎めいているので、多くの人々がそれを解明しょうと試みているのである。しかし各人がそれぞれ違う人生を経験し異なった心で『ハムレット』劇を感じ捕らえ表現することは、ルネッサンスの心を持ったシェイクスピアに対し最もふさわしい論評であると考える。ハムレットの悲劇は、自分の意志と無関係に突然起こる人間の営みの困難さと拒否できない周囲の人々との余りにも不条理な関係を知ることとなる。

　ハムレットは父の死と母の早すぎる再婚に終始悩み苦しむ。父殺しの復讐、すなわち父の弟Claudiusを殺害することを、父の亡霊と約束するがチャンスに恵まれながら、己の罪悪を告白し懺悔しているクローディアスの後ろ姿を目前にし、清い心で神に接している時に背後から殺害する等と、クローディアスが実の兄を毒殺したような、残虐な行為に及ぶほど気持ちが高ぶらず、実行することができなかった。ハムレットは父の復讐よりも母の再婚に激怒し、浅はかな母をことごとくなじり女に対し嫌悪感を抱く。愛するOpheliaに辛くあたり、死へと追いやる。

　劇の母の問題が父の問題より主要であると主張する多くの精神分析的な批評があるとAvi Erlichが言うように（*Hamlet's Absent Father*：152頁参照）、近親相姦の問題は精神分析学者であるSigmund FreudとC. G. Jungの観点が対立するほどである（バーバラ・ロジャース＝ガードナー著、石井美樹子訳（1996）：20-28参照）。それゆえハムレットにとって母の近親相姦婚は生涯において最大の憂鬱と考えるのは当然のことである。

　ハムレットにとって母とはどのような存在であったのだろうか。この問題を考える手がかりとしてユングのいう母がある。

　ユングは、魂の構造を「すでに存在している、条件」だと説明し、「それは母である」と述べている。ユングにとって母とは「単なる歩く子宮

　ではなく、結合力のある神秘的な生命のシンボル」なのである。

前掲書と同じ引用：18

　従って、ハムレットにとって母は深刻な問題となるのも当然のことである。ハムレットを異常なまでに悩ませた母とは、大宇宙における母を取り巻く父と自分だけの神聖な小宇宙である、そこへハムレットが最も汚らわしいと考えるクローディアスが父を毒殺し、平然と父にとって変られたことにある。正確な秩序が常に保たれなければならない宇宙にクローディアスが侵入し、ハムレットの精神的秩序がことごとく侵されたのである。そこでハムレットを病的なまでに憂鬱にした小宇宙を知ることは、いわば当時の宇宙観を知ることである。

　『ハムレット』が創られた頃の人々の宇宙観は、Ptolemaios Klaudius を信じ地球が宇宙の真中でその周りを太陽、月そして火星や金星などの惑星が円を描いて回っていると考えられていた。1543年には Nicolaus Copernicus による地動説が唱えられ、これは、1609年、1610年 Johannes Kepler や Galileo Galilei によって立証された。がしかし一般の人々は俄かには信じがたくプトレマイオスの宇宙観を信じていた可能性も否定できない。大宇宙の父と母と小宇宙のハムレットがいたのだ。ハムレットの創作が1601年であることを考えるとハムレットが無意識に彼なりの宇宙観を持っていたことがわかる。

　劇中ハムレットがオフィーリアへの手紙の中に星や太陽について書いている部分がある。

'Doubt thou the stars are fire,

　　Doubt that the sun doth move,

Doubt truth to be a liar,

　　But never doubt I love.

(Act 2 Scene 2, 116-119)

　　星の火なるを疑え、

　　　　太陽の動くを疑え、

　　真実を虚言と疑え、

　　　　されどわが愛をゆめ疑うなかれ。

（澤村寅二郎訳。以下も特記しない場合はすべて同じ訳者の訳を使用させて
いただく）

　ハムレットの宇宙観は一般の人々の感情とは違い、この「太陽の動くを疑
え」の言葉から察するとコペルニクスの地動説を信じていたと考えられる。
　神聖なハムレットの小宇宙に殺人者クローディアスが侵入する。ハムレッ
トの復讐は、単にクローディアス個人の殺害を意味するだけでなく、ハム
レットの宇宙観を揺さぶりかねないことをハムレットは無意識の内に感得し
ていたといえそうだ。殺人者クローディアスが死を迎えるのは当然の事と理
解できるが、デンマーク王宮で何故ハムレットをはじめ主要人物が、ことご
とく死ななければならなかったのだろうか、シェイクスピアが死に対し何を
考えていたのかを注目したい。

『ハムレット』における死

　『ハムレット』劇全体を通して人の心の複雑さと曖昧さを知り、我々は心
に潜む真相を捕らえることの難しさを知ることとなった。たとえば、ハム
レットは終始一貫して死を恐れず、むしろ望んでさえいる。そして父の死
と母の再婚に苦しみ次のように、死を望む言葉を発している。'O that this
too too solid flesh would melt, / Thaw, and resolve itself into a dew, / Or
that the Everlasting had not fixed / His canon 'gainst self-slaughter!' (Act

1 Scene 2, 129-132)「ああ、何とあまりにも堅固なこの肉体、溶けて崩れて露と流れてしまえばいいものを！　それとも永遠の神が自殺を禁ずる掟をお定めにならなかったらよかったのに！」（澤村訳）と嘆くハムレットは、しかし亡き父の亡霊に、父を毒殺したクローディアスへの復讐を誓い、そのチャンスに恵まれたが次のように殺害を押しとどめる。'Now might I do it pat, now a is praying, And now I'll do't, /「*He draws his sword*」/ and so a goes to heaven,'（Act 3 Scene 3, 72-74）「今こそ好機、祈りの最中だ。さあやろう。だがやれば、あいつは天国へ往く。」（澤村訳）とハムレットはクローデイアスが天国へ行くのを恐れ実行できなかった。

　希望ある前途を目の前にしながら若いハムレットは父の死と母の驚くべき変貌に生きることの気力を失い、人を愛することができず、母を詰り愛するオフィーリアをも痛めつけ失うこととなる。ハムレットの人生は人を殺すか自分が死ぬか、であって死と共に生がある。

　悲劇の始まりはエルシノア宮殿の高台で、真夜中に現れる亡霊から知らされた、クローディアスによる先王毒殺の事実であった。そして先王の妃Gertrudeへの強い愛の力がなせる仕業であった。クローディアスのガートルードへの思いは劇中クローディアスがその愛の深さを明かしている。

King Claudius

My virtue or my plague, be it either which—
She's so conjunctive to my life and soul
That, as the star moves not but in his sphere,
I could not but by her.

(Act 4 Scene 7, 13-16)

国王　　　　それがわしの美点か災難か、どちらかわからないが――
　　　　　　あの妃に自分の命も魂もすっかり打込んでいるので、

丁度星が軌道を離れないと同じように、
自分も妃を見放すわけにはいかなかったのだ。

（澤村訳）

このクローディアスの言葉で、いかにガートルードをクローディアスが必要としていたかが判る。したがって、クローディアスの気持ちを知ると、兄王を殺害して王座を手に入れることより、ガートルードを手に入れることの方が重要であったとも解釈できる。一方、悲惨な結末を引き起こす前に、ハムレットが、クローディアスを殺害していれば何も問題が起きなかったのだ。殺害の絶好のチャンスに恵まれていたにも拘わらず、神に祈るクローディアスの後ろ姿を見て殺害することができなかった。ハムレットは何人も、亡霊も死をも恐れていない。しかしただ神のみを恐れていたのだ。

最初に登場した亡霊の恨みとハムレットの恨み、つまり、この二人のクローディアスに対する意気投合が、限りない悲劇を引き起こす結果を生じさせた。

クローディアスは愛の為に何故兄殺害という苦境を選ばなければならなかったのだろうか。ガートルードを愛するという素晴らしい行為である筈なのに。この問に対する神の答えを見つけることができるだろうか。

神父Peter Milwardは次のように述べている。

To enter into the heart of Hamlet's mystery, as well as the Biblical mystery of Man, it is necessary to pose the further question "Why?" – namely, "Why does Man find himself in this predicament, whose only end seems to be death and the grave – *if* it can really be called an end?"

To this question the simple Biblical answer is expressed in the word "sin", both the original sin of Adam and the subsequent sins of all individual men from the beginning to the end of time.

Peter Milward (1987) : 4

　聖書のわかりにくさと同様、ハムレットをはじめガートルードやクロー
ディアスなどの謎の中心に入るためには、更に深く、「なぜですか？」と疑
問を出すことが必要である。すなわち、何故人間がこの世の苦悩の中で自分
自身を見失うことなく見出すかを考える必要がある。唯一、人間の最後は、
もし死が確かに人間の最後と呼ぶことが出来るならば、死と墓であるように
思われる。この問に対する純然たる聖書の答えは「罪」、という言葉で表現
されている。この罪はアダムの原罪とそしてアダムとイブに続き誕生した全
ての人類の生誕から死までの生涯に背負わされた罪の両方である。このこと
から私は一つの答えを見出すことができた。人類の始祖 Adam と Eve が住ん
でいた楽園エデンの園でヘビに唆された二人は神から禁じられていた「善悪
を知る木」(tree of knowledge of good and evil) の実を食べ追放された。
このキリスト教の「原罪」(original sin) を思い出したのである。このこと
を考えると、「汝隣人を愛しなさい」と言う教えはあるが、クローディアス
がガートルードを愛することは神が禁じていた罪深い愛の形であった。そこ
でこの「罪」を犯した二人クローディアスとガートルードはアダムとイブの
ようにこの世から追放されハムレットと亡霊が人間の最後である、死と墓へ
と導いたのだ。

　劇全体を通し男女、夫婦、親子、兄弟、友、それぞれの愛の不思議さ、困
難さ、そして愛する者の死が及ぼす影響を見た。ハムレットは父の死に直面
し母の愛の弱さを知りオフィーリアは父の死により気が狂い、レアティーズ
は父の死と妹の死に直面したが、その苦しみが我々の胸を痛めつける。

　この『ハムレット』劇は最初から先王の亡霊に支配されている。一般の
人々から忌み嫌われる幽霊は悩めるハムレットの心に入り込みその心を支配
していく。

墓の穴のなかでハムレットとレアティーズが死人のオフィーリアへの思いを募らせ取っ組み合いの喧嘩となる場面で何か良くないことが起きる前兆があった。

この穴の中ということに何か疑問を感じる。ハムレットがエルシノア宮殿で幽霊と話をした時のことを思い起こさせる。一幕五場でハムレットと亡霊が出会い、それからわかれた後マーセラスやホレイシィオに他言してはならぬ、それを誓ってくれと言うと同時に、幽霊の地下からの「誓え」と言う言葉が返ってくる。そこでハムレットは場所を変えてもう一度誓ってくれと言うが、またもや地下の幽霊から「誓え」という言葉が返ってくる。

ハムレットは幽霊に向かって、'Well said, old mole. Canst work i'th' earth so fast?'/ A worthy pioneer!（Act 1 Scene 5, 164-165)「うまいぞ、古もぐら！ そんなに早く地中をもぐれるのか？ 感心な穴掘りだな！」（澤村訳）と幽霊に言った。

このハムレットが無意識に漏らした「感心な穴掘りだな！」という言葉に注目したい。地下は幽霊が自由に動ける場所で幽霊の支配下にある。ハムレットはエルシノア宮殿で亡霊と誓った復讐をまだ果たしていない。その墓穴のなかでハムレットがレアティーズと二人でいることに不吉な予感を感じさせる。二人はオフィーリアへの愛情の深さで争っている。父の亡霊との約束を果たしていないハムレットが喧嘩などしている場合ではない。幽霊が自由に動ける場所なので、直ぐそばに幽霊がいる。「感心な穴掘りだ」とハムレットが言った通り、最終的に二人はクローディアスの企んだ計略にはまり毒の塗られた剣で命を落し、ハムレットが幽霊に語りかけた通り幽霊がハムレットの為に現実に感心な穴掘りになって二人に墓穴をほらせることになってしまった。ハムレットの心に入り込んだ幽霊は完全にハムレットを支配している。

ハムレットとレアティーズが墓穴に飛び込むことはハムレットにとって重大な意味があると考える。'I loved Ophelia. Forty thousand brothers

/ Could not, with all their quantity of love, / Make up my sum.' (Act 5 Scene 1, 266-268)「僕はオフィーリアを愛していた。四萬の兄がその愛情を全部集めても到底僕の愛情にかなうまい。」(澤村訳) とハムレットがレアティーズに向かって言い、そこで取っ組み合いの喧嘩となるのも当然のことだ。この墓穴は、母との宇宙を失った今、ハムレットにとって神聖なオフィーリアと二人の第二の小宇宙なのだ。そこにレアティーズが入ると言うことは墓穴での近親相姦を意味するからだ。

　ハムレットはかつてオフィーリアに「ほんとうにあなたを愛したのではない」と言っておきながら、レアティーズに向かって自分がオフィーリアを愛する気持ちに勝てるものはいないなどと正反対のことを言っているのを見ても彼の病める心の一面を見ることができる。

　この困難さについて書かれているものを次に見ることにする。

　　トレンチが適切に言うように、「シェイクスピアの助けを借りても、われわれはハムレットを理解することが困難だと思う。たぶん、シェイクスピアですら、ハムレットを理解することは困難だと思ったであろう。ハムレット自身も自分を理解することができないと思っている。他の人よりも他人の心や動機を読むことがよくできるにもかかわらず、自分自身のものはさっぱり読めないのである。」

　　　　　　　　　　アーネスト・ジョーンズ著、栗原裕訳 (1988)：60

　トレンチが言うようにハムレットの心を知ることは困難である。ハムレットが終始悩み、苦しみ続ける。父殺害に対する復讐と母の問題に関する正しい答えはハムレット自身にも見出せなかったのである。

　ハムレットの潔癖すぎる性格は人々の悪を暴き人間の在るべき心を植え付け善へと導こうとする。

　しかし努力すればするほど取り返しのつかない悲劇を生んでゆく。この劇

の最後でハムレットはやっと父の復讐を果たすことができた。その最後の場面で次のことが判る。

　母王妃がクローディアスの用意した毒の杯で倒れ「私は毒殺された」と叫んだ時にハムレットはこの毒と言う言葉に執着する。レアティーズの剣の先にクローディアスが毒を塗ったことを知り、'The point envenomed too? Then, venom, to thy work.'……'Here, thou incestuous, murd'rous, damned Dane, / Drink off this potion. Is thy union here? / Follow my mother.' (Act 5 Scene 2, 274-275. 277-279)「切尖に毒まで塗ったとは！　じゃ毒よ、きき目を顕わせ！」「さあ、不倫残虐非道の国王、この毒盃を飲み乾せ。貴様の真珠はこの中にあるのか？　母の跡を追え」（澤村訳）と叫ぶハムレットはこの毒をクローディアスへの復讐に使うべきであったのだ。

　このことをこの最後の場面でハムレットが気付き、延び延びにし悩み続け実行できなかったのは殺害の方法であった。クローディアスがハムレットを殺す目的でハムレットの決闘相手であるレアティーズの剣の先に毒を塗ったことを知りその剣で国王を刺した上に、さらにこれでもか、と毒盃をも口に流し込んだのである。悩み続けたクローディアス殺害の確実な方法、を示す、クローディアスに最も相応しいとみなしたハムレットの答え、それは毒を使うことであったのだ。

　ハムレットはついに殺害された父の復讐を実行できたが、その代償は余りにも大きかった。母ガートルード、レアティーズ、そして事もあろうにハムレット自身までがクローディアスの死の道ずれになった。だがこの場面をハムレットはロウゼンクランツとの会話の中で予言していたのである。

Hamlet	What's the news?
Rosencrantz	None, my lord, but that the world's grown honest.
Hamlet	Then is doomsday near.

(Act 2 Scene 2, 238-241)

ハムレット　　何か変わった事があるかい？
ロウゼンクランツ　一向ござりませんが、世間は正直になりました。
ハムレット　　じゃ世も終りだ。

（澤村訳）

　ハムレットは神が降す最後の審判日（doomsday）が近いことを予言していたのだ。デンマーク王国の王宮で破滅的に人々が死んだのは神からの罪の宣告が降された日であった。またハムレットがどのような手段で復讐を実行しょうと悩んでも神の掟にはかなわないことをハムレットが知っていたことが判るハムレットの言葉がある。

Hamlet　　　There's a divinity that shapes our ends,

　　　　　　　Rough-hew them how we will—

Horatio　　　That is most certain.

(Act 5 Scene 2, 10-12)

ハムレット　　荒削りは人間がどんなにしようと、

　　　　　　　とどの仕上げは神業（かみわざ）、ということがわかるが—

ホレーシオ　　全くそのとおりでございます。

（澤村訳）

　ハムレットは終始この世の営みに悩み苦しみ死さえ望んでいたが、劇を通しハムレットの心に『聖書』の囁きを感じる。ハムレットが自殺を望む時また祈りを捧げるクローディアスの後ろ姿に復讐をおし止めるのを見ても神を恐れ掟に逆らうことがないことを知ることが出来る。

　ハムレットがHoratioに言った「荒削りは人間がどんなにしようと、とど

の仕上げは神業、ということになる」という言葉はハムレットがこの世の最後の死を迎えるのも神の仕業と考えていたことを示している。神に対して従順な心でいたハムレットは神に全て委ねていたのだ。

おわりに

『ハムレット』劇に於いてハムレットが最初に父の亡霊から知らされたクローディアスによる父殺害の事実と、近親相姦をも意味するクローディアスとの母の早すぎる再婚に、最早ハムレットにとって命は大切なものでは無くなった。人を信じることの出来ないハムレットの心は病んでいた。そのため自分の言った言葉に責任が持てず、恋人オフィーリアに向かって愛していたと言ってみたり、愛していなかったと言ったりしている。さらにオフィーリアが死んだあとでオフィーリアへの愛の深さでレアティーズと取っ組み合いの喧嘩を始めたりする。ハムレットの言葉からは、ハムレットの真実を知ることが出来ない、むしろ心の内を知られることを拒んでいるかのように感じる。その証として一見簡単に思えるハムレットの独白の中にも誰にも心の真実をあかそうとしない姿を見ることができる。

とくにハムレットが、最も悩み苦しんだ時に洩らした独白、そして我々までもがハムレットの独白に潜む心の解釈に苦しみ悩み続けている三幕一場での不可解な独白がある。

Hamlet　　　　To be, or not to be; that is the question:

Whether 'tis nobler in the mind to suffer

The slings and arrows of outrageous fortune,

Or to take arms against a sea of troubles,

And, by opposing, end them. To die, to sleep──

No more, and by a sleep to say we end

The heartache and the thousand natural shocks

That flesh is heir to—'tis a consummation

Devoutly to be wished. To die, to sleep.

To sleep, perchance to dream. Ay, there's the rub,

(Act 3 Scene 1, 58-67)

ハムレット　　生、それとも死。問題はそこだ。

暴戻な運命の射かける石と矢を

心にじっと我慢するのが貴いか。

それとも海と寄せくる困難に対抗し、

戦ってこれを絶滅するのが貴いかということ。

死ぬるとは、眠ること、

たゞそれだけ。もしそんな眠りによって、

心の苦悩、肉体が生れながらに

受けついでいる無数の苦痛を除かれるなら、

死こそ心から祈り求めてよい結末だ。死ぬるとは眠ること。

眠れば、おそらく夢を見よう。そうだ、そこが難点。

（澤村訳）

　それは 'To be, or not to be; That is the question: ' の部分の解釈である。

　このハムレットの短い独白が様々な人によって異なった言葉で表現され思い思いの訳で論じられている。その例をいくつか見ることにする。

Charles Wirgman 1874年（明治7年）。アリマス、アリマセン、アレ　ワ

ナン　デスカ　—　モシ　モット　ダイジョブ　アタ

マ　ナカ　イタイ　アリマス。

坪内逍遥訳1909年（明治42年）。存^{なが}ふる？　在へぬ？　それが疑問じゃ。

村上静人訳1914年（大正3年）。存^{なが}ふる、存へざる、其処が問題だ。

高原延男訳1927年（昭和2年）。生きてゐようか、生きてゐまいか、それが問題だ。

佐藤篤二訳1929年（昭和4年）。生きる、生きない、それが問題だ。

坪内逍遥訳1933年（昭和8年）。世に在る、世に在らぬ、それが疑問じゃ。

浦口文治訳1934年（昭和9年）。どっちだろうか。―さあそこが疑問、どっちがより健康な心だろうか。

森　芳介訳1947年（昭和22年）。生きるか、死ぬか、問題はそこだ。

竹友藻風訳1948年（昭和23年）。生きてゐるか、生きていなゐか、それが問題だ。

市河三喜・松浦嘉一訳1949年（昭和24年）。生きるか、死ぬるか、そこが問題なのだ。

並河　亮訳1950年（昭和25年）。生きているのか、生きていないのか。それが疑問だ。

本多顕彰訳1951年（昭和26年）。長らふべきか、しすべきか、それは疑問だ。

三神勲訳1953年（昭和28年）。生きる、死ぬ、それが問題だ。

澤村寅次郎訳1953年（昭和28年）。生、それとも死、問題は其処だ。

福田恒存訳1959年（昭和34年）。生か、死か、それが疑問だ。

鈴木幸夫訳1960年（昭和35年）。生きるか、死ぬか、心がきまらぬ。

大山俊一訳1968年（昭和43年）。在るか、それとも在らぬか、それが問題だ。

永川玲二訳1968年（昭和43年）。生きるのか、生きないのか、問題はそこだ。

三好弘訳1969年（昭和44年）。存在か非存在か、それが問題。

木下順二訳1971年（昭和46年）。生き続ける、生き続けない、それがむずかしいところだ。

小津次郎訳1972年（昭和47年）。やる、やらぬ、それが問題だ。

小田島雄志訳1983年（昭和48年）。このままでいいのか、いけないのか、

　　　　　　　　　　　　それが問題だ。

松岡和子訳1996年（平成8年）。生きてとどまるか、消えてなくなるか、
　　　　　　　　　　　　それが問題だ。

石井美樹子1997年（平成9年）。生きるべきか、死ぬべきか、それが問題だ。

　これら研究者の訳を見てもハムレットに潜む心の解釈の難しさを知らされ
る。

　ハムレットが死を望む程悩み苦しんだ原因は、立派な父を殺され貞淑な母
と信じていた母の裏切り行為であった。ハムレットにとって命より大切なも
のは、見せかけの愛や振舞いではなく心の中の真実、即ち先王に誓った母の
愛が永遠に守り続けられ先王への誓いが真実であったことを感じることに
あった。しかしハムレットからみると母の愛が先王への真実の愛ではなく見
せかけの愛であったことに、彼は苦しみ母を許すことができない。そのあか
しとして父の葬儀のあと母ガートルードと彼の会話のなかにも彼の心中を表
した注目すべきことばを見ることができる。

Queen Gertrude	Thou know'st 'tis common —all that lives must die,
	Passing through nature to eternity.
Hamlet	Ay, madam, it is common.
Queen Gertrude	If it be,
	Why seems it so particular with thee?
Hamlet	Seems, madam? Nay, it is. I know not 'seems.'
	'Tis not alone my inky cloak, good mother, ⋯
	Together with all forms, moods, shapes of grief
	That can denote me truly. These indeed 'seem',
	For they are actions that a man might play;

But I have that within which passeth show—
These but the trappings and the suits of woe.

(Act 1 Scene 2, 72-77.82-86)

王妃	生ある者はすべて死に、この世からあの世へ行かなければならない。
ハムレット	さよう、浮世の常ですよ。
王妃	もしそうなら、なぜお前にだけは、そんなに変って見えるのだろう？
ハムレット	見える、とおっしゃるのですか！ 見えるどころか実際です。

「見える」なんて気持はしません。

ねえお母さん、私の真黒な外套や……

いろいろの悲痛を示す形式や外観は、それだけで私の気持を本当に表わすわけにいきません。こういうものこそ全く見えるのです。そうした仕草は上べに装うこともできましょう。しかし私の心の中には、上べ以上のものがあります。

（澤村訳）

ハムレットの心は、暗い雲に覆われ、その暗い気持ちを引きずりながら、かねがね望んでいた死を迎えることと成った。

シェイクスピアはこの『ハムレット』の暗く重苦しい背景に自らの人生を重ね合わせていたに違いない。作品は作者個人のアイデンティティに他ならない。ある不安から劇が始まり続いて亡霊の話へと移行して行くさまは、少なくともなにか不安に苛まれた作者シェイクスピアを想像させる。

　『ハムレット』が創作されたのは、1601年でこの年シェイクスピアにとっては憂鬱な事件が続いている。一つにはエリザベス女王の寵愛を受けていたEarl of Essex（Robert Devereux）が1601年2月に処刑された。またシェイクスピアのかつてのパトロンであったEarl of Southampton（Henry Wriothesley）が獄中に入れられ、さらにシェイクスピアの父親が1601年9月に亡くなっている。シェイクスピアの死への情緒不安定な心持がこの『ハムレット』に織り込まれていることは、主人公ハムレットの苦痛の中に見ることができる。またこの『ハムレット』を制作するとき亡き息子Hamnetのことを考え、さらなる鬱状態に入ったと考えることもできる。長男ハムネットが埋葬されたのは、1596年8月11日で、11歳の時であった。『ハムレット』の中の墓堀人との会話の中の髑髏を手にする場面で「やれやれかわいそうに」という言葉にはシェイクスピアが、亡き息子ハムネットのことを重ねているのではないかと思える。

　これらシェイクスピアを取り巻く人々すなわち先に述べた処刑されたエセックス伯や獄中に入れられたサウサンプトン伯そして又父や息子の早すぎる死をこの『ハムレット』劇に表現し、エルシノア宮殿で殺されるいわれのない人々がことごとく殺されるのは、シェイクスピアの死に対する不信感を表していると考える。現実にシェイクスピアの身近にいてシェイクスピアにとって大切な人々が処刑され、また獄中に入れられる姿を目の当たりにし、突然襲い掛かる不幸や意味も無く人々が死んでいく様子にあまりにも不条理なこの世を表わしたものと感じる。ハムレットの死に際に親友ホレーシオがハムレットの後を追って毒を飲もうとする場面が五幕二場にある。ハムレットはホレーシオが死んでしまうと、真実が世に伝わらず事件がうやむやになるのを恐れる。君だけは生き残って真実をこの世に伝えてくれと叫ぶ。その叫び声こそシェイクスピアの意思ではないだろうか。シェイクスピアと交流が有り、尊敬していた人々が何故死ななければならないのか。シェイクスピアしか知り得ない、死んでいった人々の素晴らしさと死の真実を後世に伝え

たかったシェイクスピアの心の叫びがここにはあるのではないだろうか。

3
ハムレットの母ガートルードの品格

はじめに

　Hamlet（1601年初演）の第一幕第二場でHamletは 'Frailty, thy name is woman'「脆き者よ、汝の名は女！」と嘆いているがHamletにとって母親とはいったいどういう存在であろうか。

　まずハムレットにとって母Gertrudeは貞淑な女性として振舞っていた。Hamletも幼児の時から父と母の幸福な姿を見てきていた。ところが、ある日突然母の早すぎる再婚を知り、幼児のときから神聖な女性と信じていた母親に、耐えがたい感情を抱くようになった。こうして母親に対する相反感情が生じ、はじめて母に対する憎悪、怒り、蔑み、に襲われ一人悶々と苦しむようになる。

　ハムレットにとっての苦しみは父の死と母の早すぎる再婚であるが、父の死の問題より母の再婚の方がハムレットを苦しめている。

There is, indeed, a good deal of psychoanalytic criticism that claims that the maternal issues of the play are far more central than the paternal.

Avi Erlich (1977): 152

　これまでにも、母の問題が父の問題よりもはるかに主要であると主張する多くの精神分析学的な批評がある、とAvi Erlichも書いているが、ハムレットにとっての悩み、とくに母の再婚という問題に、Sigmund FreudとC. G. Jungも共に注目してきた。しかし彼らの観点は対立していた（バーバラ・ロジャーズ＝ガードナー著（1992）、石井美樹子訳（1996）：20.28頁参照）。彼らの見解が対立するほどこの問題は難しいのだが、ハムレットにとって最大の憂鬱を生じさせたのが母と叔父Claudiusの再婚であったと考えることには妥当性が見つけられるであろう。

　まず認識すべき事は、母ガートルードがハムレットの父から大変な寵愛を受けていたことである。母ガートルードもハムレットの父を愛していたという事実がある。その様子については三幕四場でハムレットが言及している。夫をこれ程愛していたガートルードが夫の死後まもなくすると義理の弟と再婚した。母の裏切りへのハムレットの深い悩みとからめて、複雑さを秘めているガートルードの姿を探ってみたい。

再婚前のガートルード

　スペイン無敵艦隊撃滅の1588年あたりから女性に対する価値観や女性観に変化が見られるようになったがHamletが上演された17世紀初め頃になると女性が悪魔的存在から女神的存在へと変化して行った。この変化を可能にしたのはいうまでもなくElizabeth I（1533-1603）の存在である。

　この時期における女性観の変動の中にガートルードもまた存在していたことを知る必要がある。先王を心から愛し信頼する女から、夫が死んでまもな

199

くすると先王の弟クローディアスに身を委ねる淫らな女として悪魔的存在の象徴にされていると受け取ることも可能だが、彼女に関しても違った見方が出来るのではないだろうか。先王にすがり付いて生きていた、か弱い女が夫の突然の死後、自分の身体の盾を無くし、無防備になってしまったガートルードを無視するわけにいかない、彼女に言い寄るクローディアスが以前から計算づくの計画を立てていた事を、彼女が無論知らなかったことも考える必要がある。

　クローディアスの強引なやりかたはエルシノア宮殿で亡霊がハムレットに言及している部分からもわかる。この亡霊の言葉は、クローディアスが忌まわしい手段を用いてガートルードを手にいれた事を明らかにしている。しかしそのことを知らないガートルードが、先王の実の弟のクローディアスが、同じ血を引く弟として、亡き兄の妃とその息子に悪いようにするわけがないと考えるのも自然ではないだろうか。ガートルードはクローディアスの優しい思いやりを確信して身を委ねたのだ。クローディアスの中に愛する先王の面影を求めた結果と言えるであろう。その証拠に真実を知っている亡霊はハムレットの前に現れ、弟が毒を耳から注入し王を毒殺し、ガートルードを唆した真相をハムレットに聞かせる。そして弟クローディアスへの復讐を誓わせる。しかしガートルードに対しては気使いを見せている。この言葉にはかつての妻ガートルードへの優しさが認められる。先王がガートルードに、憎しみを抱いているならば、妻の心を見通せる亡霊が配慮する訳がない。とはいえ、亡霊にとってクローディアスの寝床に向かう浅はかなガートルードの姿は許し難い。さらに自分の兄を毒殺して兄の妻を我が物にしたクローディアスをも許せない（一幕五場参照）。ハムレットは母の忌まわしい再婚に苦しみながら亡霊が告げた恐るべき内容に対処する仕事に着手しなければならず、この醜い現実がハムレットの神経に異常な圧力をかけるが、その苦しみを他人に訴えることができない。

Hamlet　　　　Why, what an ass am I? Ay, sure, this is most brave,

That I, the son of the dear murdered,

Prompted to my revenge by heaven and hell,

Must, like a whore, unpack my heart with words

And fall a-cursing like a very drab,

A scullion! Fie upon't, foh! — About, my brain.

(Act 2 Scene 2, 585-590)

ハムレット　　　おや、何というおれは馬鹿者！　ああ偉いもんだ、

大切な父を殺された息子のおれが、

天魔鬼神によって復讐を促されながら、

まるで売女のようにべらべらと口先の感激、

全く女郎のような罵りようしかできないとは、

まるで男妾！

（澤村寅二郎訳。以下も特記しない場合はすべて同じ訳者の訳を使用させて
いただく）

　この独白を含めて、いわゆる彼の「四大独白」については様々な議論がこ
れまでにもあった。「古来、Shakespeare学者の間でいろいろ議論があるよ
うに、王子Hamletは謎のようなSpeechをのべ、また前後矛盾した言動があ
る。Shakespeareは王子Hamletをして後世に伝わる名句をその独白におい
て述べさせている。周知のように、その最も有名なものは、悲劇Hamlet中
の四大独白である。」（関西外国語学園研究会（1970）：221）。結婚の誓いを
忘れ不義の床に向かう母への怒り、また父から聞かされたクローディアスの
悪事を知ってハムレットは亡霊と復讐の約束をするが復讐に専念出来ない。
その理由のひとつは母を悪夢の床から救うことに神経を削らなければならな
いからである。一方ガートルードはこの場に於いてさえ先王の亡霊とハム

レットから憎しみではなく、妻、母への思いやりを引き出している。先王の亡霊のガートルードへのいたわりはさらに続く。亡霊がハムレットと母の前に現れたとき、ハムレットには父の姿が見えるが母にはその姿が見えず、亡霊と話をする姿に、母は驚き、恐れおののく。その様子を見て先王の亡霊はハムレットに妻へのいたわりを口にする。この亡霊の気遣いはガートルードがふしだらな女性であるという感覚を邪魔し、未だ捨てきれないガートルードへの未練を感じさせる。

　さらに母の存在はハムレットの復讐心を乱す。母の問題と共に亡霊との約束、復讐が同時進行しているためにクローディアスの殺害へと踏み切ることができない。ガートルードの存在自体が大きな影響を及ぼしている。

　母に我慢できないハムレットは、母を非難と憎しみを持って諭し始める。亡霊が去ったあとで母に次のように詰め寄る。

Hamlet 　　　　Repent what's past, avoid what is to come,…

Queen Gertrude　O Hamlet, thou hast cleft my heart in twain!

(Act 3 Scene 4, 141.147.)

ハムレット　　過去を悔い改めなさい。将来をお慎みなさい。……

王妃　　　　　ああハムレット、お前は私の心を二つに裂いてしまった。

（澤村訳）

　ハムレットは母親に表面的には嫌悪の念を抱きながらも、先王の健康的で健全な父親の姿と叔父であり父親となった、クローディアスの狡猾さとの余りにも大きな違いをガートルードに篤と説いて聞かせる（三幕一場）。ここでのハムレットの言動は母親が子供を諭すときのものに似ている。ハムレットが母親役を演じているといっても良いだろう。あらゆる対策を講じて泥沼から救い出そうとする母親の役目といえるかも知れない。こういうハムレッ

トに何か不思議なものを感じるが、一体これはどういうことだろうか。ハム
レットのいわば 'woman – man' という特質といえるであろう。

　まず、異性に対しても父や兄の助言を受け入れ従順に行動するOpheliaと、
性欲に対して思慮の足りない官能的なガートルードの二人を論ずハムレット
にはある種の甘えがある。母親の恐ろしい性的興味を破壊しようと痛烈な攻
撃を与える一方で、優しく控えめなOpheliaへの過酷な忠告を行っている点
に注目したい。三幕一場でOpheliaに「尼寺へ行きたまえ」と言ったり「僕
は本当にあなたを愛したのじゃありません」と言ったりしている言葉には、
ハムレットの母親の先王への愛が、永遠の愛でなくすぐに崩れてしまい愛の
誓いが偽りであったことへの疑惑がのぞいている。この辺りのハムレットに
はオフィーリアへの甘えという女性的な一面が認められる。オフィーリアを
犠牲にしながら強欲な女性性に断固とした嫌悪を示している。

　尼寺行きを叫ぶのは、母を不倫の床から救い恋人オフィーリアを母ガート
ルードのような女にならないようにするためだと考えることもでき、母ガー
トルードのとった行動がハムレットを母親役に変えていて、二人の女性に接
する事によってハムレット自らが理想的な女性を演じていると考えることが
可能になる。

　ここで注意したいのはオフィーリアへの尼寺行きはそのこと自体が若い乙
女のオフィーリアにとって性的な死を意味していることだ。従ってオフィー
リアが溺死することは劇中の必然の結果であり尼寺行きの発言はオフィーリ
アへの生の否定につながっている。助けることも救うことも甘えからは生じ
ないことにハムレットは気づいていない。

　オフィーリアを犠牲にしながら、情欲に溺れる母への攻撃は、しかし、や
がてガートルードの気持ちを動かすことになる。

　ガートルードはハムレットとの問答で心が困惑していることに気づき、
「善い心」と「悪い心」の両方の心が存在しているのに気づく。先王と暮ら
していたときは、他人を疑うことなど知らなかったガートルードがハムレッ

トから「悪い心」の存在を知らされる。

Hamlet　　　　O, throw away the worser part of it,

And live the purer with the other half!

Good night ‒ but go not to mine uncle's bed.

Assume a virtue if you have it not.

(Act 3 Scene 4, 148-151)

ハムレット　　じゃ、その悪い方を棄ててしまって、

善い方の半分で、ずっと清い生活をなさい。

ではおやすみなさい。しかし叔父さんの寝床へ行ってはい

けません。

淑徳が無ければ、有る振りをなさい。

（澤村訳）

　この時からガートルードは、人を信じる心と、疑う心の二つの心で人を見ることになる。

　先王と暮らしていたときのように天真爛漫に振舞うのではなく、淑女である振りをしながら暮らすように偽装を諭される。

　ガートルードに間違いを気づかせるハムレットの執拗なまでの追求は、いわば立派な説得力のある母親役を演じているといえるだろう。しかし女性の心を動かすこのしつこさが仇となり、オフィーリアを自殺へと追いやったことも見逃してはなるまい。

クローディアスへのガートルードの偽装愛

あれほど立派だった国王の妻でありハムレットの母であったガートルードが、父の死からわずか二ヶ月足らずで叔父である父の弟クローディアスと結婚する。ハムレットの頭に母への非難の声が渦巻く。「あの母上が、母上ともあろう方が」、誓いに背き「そんなに早く不倫の床に走るとは！」。「よくない事だ、良い結果にも終るまい！」（一幕二場）。ハムレットは喪服をまとい深い悲しみに沈みながら情欲に溺れる母への怒りをあらわに表わす。ハムレットは叔父を殺そうと思いながらも行動が伴わない。思考から行動に移れない理由として母の生活がハムレットの意識の中を占め過ぎていると考える。ハムレットの性格が男らしい行動をとらせず母への怒りを強め亡霊との約束をなおざりにさせている。亡霊はハムレットに真実を語り、クローディアスとガートルードの醜い生活を破滅させるためにハムレットに復讐を誓わせたはずである。そのことに関してBarbara Rogers-Gardnerは次のように書いている。

> 幽霊の役割はハムレットを目的達成をめざす厳しい男性的世界に導くことであり、その世界には、母の性愛的な価値が占める場所はない。
> バーバラ・ロジャーズ＝ガードナー（1992）、石井美樹子訳（1996）：42

ハムレットの心には母の性愛の醜さが強く働きかけたため、彼は厳しい復讐の世界から身を引いている。亡き父の素晴らしさ、さらにクローディアスの愚かさを目の当たりにし、女性の貞潔がハムレットには重要性を持つものとなる。先王に対して貞節であったはずの母の意外な行動に正気を失い母への苛立ちが募りすぎ強い男性性を逸しさせている。

　一方そんなハムレットの意思と反対に、先王が突然死に、心身ともに打ち拉がれたガートルードは、たくみに言い寄るクローディアスと結婚するが、劇中ガートルードが初めてハムレットに話し掛ける言葉から、我々はガートルードの心の内を知ることが出来る。「ねえハムレットや、その暗い顔色を振り棄てて親しみ深い眼で陛下を見るようになさい。」（一幕二場）。このガートルードの言葉はかつて先王と暮らしたガートルードの姿ではない。又クローディアスに対してガートルードが遠慮勝ちに愛を注いでいることがわかる。ハムレットに「親しみ深い眼で陛下を見るようになさい」という言葉は、クローディアスへの体裁を装った気遣い以外のなにものでもない。

　クローディアスとの会話の中で、ガートルードが、ハムレットの狂気の原因を次のように言う。「恐らくそれはほかでもない主な原因、つまり父の死と私どもの急ぎすぎた結婚でしょう。」（二幕二場）。ここでガートルードはクローディアスとの結婚は、急ぎすぎた結婚と本音をもらしている。先王を愛した時と同じように、クローディアスも愛しているのだが、先王の時のような愛の安らぎはないのであろう。この急ぎすぎた結婚のことをもらしたガートルードの言葉からクローディアスとの結婚が、本当の愛からではなかったと彼女が感じていたことがわかる。ハムレットが、ウィテンバーグの学校へ帰りたいと言い出した時に、それを止めようとするガートルードの言葉にもハムレットが離れてしまう寂しさ以上にガートルードの隠れた心情が現れているように思われる。「ハムレットや、母の祈りをむだにしないで、どうかわたしらと一緒に居て、ウィテンバーグへ行かないでおくれ。」（一幕二場）。先王と暮らしていた時はハムレットの行動を全て先王にゆだねていた。ウィテンバーグへ行かないでおくれと言う言葉は出なかった。しかしクローディアスと暮らす中で、ハムレットにどうぞ行かないでおくれと懇願している姿は、心に秘められた寂しさを思わず表わしてしまった証である。

　ガートルードは、何か不安に取り付かれているのではないだろうか。ガートルードの言った、急ぎすぎた結婚の背景にある当時の再婚はこうみなされ

ていた。「シェイクスピアの当時において、寡婦の再婚は一種の合法的姦通
と見なされ、ちょうど高利貸業と同じように、法律的には許可されていて
も、人々の倫理的感情からは憎悪されていたものであることは、当時の文献
が語っている。」(笹山隆 (1988)：250)。

　このことは、この劇中劇の中で妃の役で登場する王妃の台詞からもわかる。

Player Queen　　　　　　　　　　O, confound the rest!

　　　　　　Such love must needs be treason in my breast.

　　　　　　In second husband let me be accurst;

　　　　　　None wed the second but who killed the first.

　　　　　　　　　　　　…

Player Queen　The instances that second marriage move

　　　　　　Are base respects of thrift, but none of love.

　　　　　　A second time I kill my husband dead

　　　　　　When second husband kisses me in bed.

　　　　　　　　　　　　(Act 3 Scene 2, 168-172.172-176)

妃の役　　　　　　　　　　　ああ、情なやみなまで聞かじ！

　　　　　　かかる愛こそ、この胸には正しく反逆と覚ゆれ。

　　　　　　両夫にまみゆるとき、われに呪いあれ！

　　　　　　夫を殺せし者ならで、契りを新たにする者はなし。

　　　　　　　　　　　　……

妃の役　　　　二たび嫁がんとする心の動きは、

　　　　　　卑しき利慾の念にして、恋にあらず

　　　　　　新しき契の床に口づけされんとき、

　　　　　　亡き夫を二たび殺すに等し。

　　　　　　　　　　　　(澤村訳)

　このような時世にあってガートルードが「私達の急ぎすぎた結婚」という言葉から己の罪を悔いていると理解できる。そのことはハムレットが母を追い詰める言葉に反応するガートルードの様子からもわかる（三幕四場）。ガートルードは、クローディアスとの愛に疑念を抱き始めている。ハムレットの執拗なまでの攻撃にあい、クローディアスによって洗脳されていた愛が、解放されつつある。このことはクローディアスの次の言葉と結びついている。

King Claudius　The Queen his mother
　　　　　　　　Lives almost by his looks;

(Act 4 Scene 7, 12-16)

国王　　　　　　妃であるあれの母は、
　　　　　　　　わが子の顔を楽しみに生きているようなものだ。

（澤村訳）

　この言葉がクローディアスから聞けるということは重大な意味を含んでいる。ガートルードの愛が自分に向けられているのではなくハムレットを彼女が生き甲斐にしていることをクローディアス自らが証明していることになるからである。

オフィーリアに投げかけるガートルードの影

　ガートルードはOpheliaの溺れる様子を冷静に見ていただけなのだろうか。非常に細かい観察をしているが、助けようと努力した様子はガートルードの言葉からは感じられない。

　父親の死で頭がおかしくなってしまったオフィーリアが花冠を柳の木の小
枝にかけるところから川に落ちて溺れるまで一部始終をガートルードが鮮明
に語っているが彼女が表現したオフィーリアの溺死の説明には、なにか意味
が隠されているのではないだろうか。

> No one would want to deny the gross, sexual allusions here, for Ger-
> trude places too much emphasis on the "long purples/ That liberal
> shepherds give a grosser name." These long purples are not only phal-
> lic symbols, for they also represent the very sexuality that Gertrude
> stands for; one of their "grosser" names is the "rampant widow."
>
> Avi Erlich (1977): 165

　Avi Erlichによるとこれらの 'long purples' は単に陰茎の象徴であるだ
けではなく、「奔放な未亡人」のセクシュアリティを表わしている。さらに
Avi Erlichはオフィーリアの歌に表れる花はしばしば女性の生殖器を表わし
ていると指摘している。そうするとオフィーリアが木の小枝に花冠を掛ける
描写は恐ろしく性的興味をもたらすことになる。

　『ハムレット』劇に於いて七人の男性は他者から危害を加えられて殺され
るのだが、ガートルードとオフィーリアは他者によってではなく無意識の内
に自らが自らの命を絶っていることに気がつく。オフィーリアは自ら水に近
づき溺れ死ぬ。ガートルードは毒の入っている杯を飲んでしまい命を落す。
この二人の女性の死には明らかに正反対の違いがある。オフィーリアは屋外
で森の木々が生えている小川で花冠を持った美しい絵を我々に想像させる。
しかしガートルードは王妃に相応しく、宮廷の大広間の華やいだ多くの人々
の中で、毒の盛られた杯を手にしている姿を想像させる。

　シェイクスピアが二人の女性を対照させている事は明白である。若く清純
なオフィーリアには花と共に美しい背景にその姿を置いている。ガートルー

ドは近親相姦の結婚をした王妃であり、宮廷の華やかな場所で毒を手にする。クローディアスが先王を毒殺したのと同様に妻の王妃も同じ毒により毒殺される。

　ところでガートルードはオフィーリアの時は、何故あれほど落ち着いて溺れて行く様子を冷静に凝視していたのだろうか。ここには何か問題がありそうだ。ここでまた頭のおかしくなったオフィーリアが王妃の前で葬儀のことを歌った歌を思いだす。その歌は王妃の心変わりの再婚に対して意味深い非難を表しているように思える。王妃もまたそれを脅威と感じていたのではないか。オフィーリアを自分の味方でないと思う王妃が冷めた態度をとって無意識にとった行動が、オフィーリアの溺死に関する細かい説明になったのではないだろうか。

ハムレットへのガートルードの愛

　ハムレットの悩みの原因を探るように王クローディアスと母ガートルードが、学友Rosencrantz と Guildenstern にハムレットの憂鬱の真相を探り出す様に頼む場面で意外な事に気がつく。いつも無口で必要な言葉だけを簡潔にしゃべる頭脳明晰なガートルードが、この時だけは一気にしゃべり出している（二幕二場）。ロウゼンクランツとギルデンスターンがハムレットの心を諭す事が出来たなら、帝王の記憶に残る褒美を授けると言うガートルードの言葉にはハムレットをなんとかして立ち直らせたい、と必死になる母の姿が表れている。次のガートルードの言葉「どうかその祈りがかないますように！」の言葉には、まさに母の祈るような気持ちが込められている。ハムレットのことになると妙に焦るガートルードの言葉の所々に王妃というよりもむしろ日常生活においてごく一般的な、普通の常識を持った母親の姿が表れている。

　更にPoloniusがハムレットの狂気の原因をのんびりとした言葉のあやを用いながら説いていると、それを咎めてガートルードはきつい一言を発する。「言葉のあやよりも中味を願います」（二幕二場）。これもポロウニアスのしゃべり方にいらいらしながら珍しくヒステリックに気をもんでいる母親の姿と受け取れる。

　さらにポロウニアスが、狂気の原因は娘のオフィーリアへの恋がなせる業と言い、ハムレットからオフィーリアに宛てた一通の手紙を読み始めるや否や、それはハムレットから来た手紙かと間髪を入れず尋ねる。この様子をみてもどんなにガートルードの気が焦っているかが判断できる。

　ハムレットの憂鬱の原因の一つは、自分の消し去ることの出来ないおぞましい母の血を受け継いでいる自分の血筋にある。この悩みをハムレットがオフィーリアとの会話の中で表している（三幕一場）。ここでハムレットは自分の出生が母の淫慾にあったことを嘆いている。ハムレットがどんなに立派な行いをして台木に接木しても、母の血を消し去ることは決して出来ないことを嘆く。「母が僕を産んでくれなければよったのに」と言う言葉にそのことはよく表れている。

　さらにオフィーリアに自分との結婚によって生まれた子もその血を継いだ罪深い人間となる恐れがあり、そうさせないためにもハムレットはオフィーリアに尼寺行きを叫びながら、なぜ罪深い人間を産みたがるのかと詰め寄る。そのようなハムレットの深層を知らないオフィーリアはハムレットに愛を拒絶されたと思い失意の内に溺れ死ぬ。

　ところで王がハムレットはオフィーリアに、愛を拒絶されて気が狂ったのか、と尋ねるとガートルードはこう答える。「全くそうらしいようでございますね。」（二幕二場）。ここでガートルードがそうかもしれませんと答えていることに注目する必要がある。本当はオフィーリアに拒絶されたのが原因などとは思っていないのだ。クローディアスとの結婚故に自分を攻撃したハムレットをガートルードは知っていたのだ。

　次にポロウニアスが「ご存じのとおり殿下はときどき幾時間もつづけてこ
の廊下をお歩きになります」と言うと王妃はこう答える。「本当にそうでご
ざいます」（二幕二場）。先程とは違って、ここではきっぱりと其の通りだと
答えている。

　このことで先程の王妃の答えた「全くそうらしいようでございますね」の
心の内についての解釈が正しいことが立証できる。ハムレットが廊下を幾時
間もかけて歩いていることをはっきり言い切っているのが、常にガートルー
ドがハムレットに注目している証となっているからだ。

　ガートルードが狂気の原因がオフィーリアへの失恋ではなく他にあるので
はないかと思っているもう一つの証としてガートルードがオフィーリアに
向かって言っている言葉がある。「それにつけても、ねえオフィーリアさん、
どうかハムレットの狂気が美しいあなたのせいであってくれれば結構だと思
いますよ」（三幕一場）。この言葉は他に何か理由があるのではないかと心
配しつつ、でもそうでなくオフィーリアの美しさが原因であって欲しい、と
思っているガートルードが他の原因の存在を恐れ悩んでいる証拠と受け取る
事が出来るであろう。それはハムレットと亡霊のやり取りを知らないガート
ルードが、他の者に頼むのではなく自分でその真意を探ろうとハムレットを
王妃の部屋へ来るようにロウゼンクランツに伝えていることからもうなずけ
る。さらにポロウニアスも、「殿下、母君陛下があなたとお話をしたい、今
すぐにとのことでございます」との旨を伝えに来る。そのときハムレットと
ポロウニアスの奇妙なやりとりが始まる。雲を駱駝のような形と言って見た
り鼬と言ってみたり「鯨かな」と言ったりする。その度にポロウニアスが逆
らわずそのようだと答える。その態度にハムレットは独白で「堪忍の緒が切
れるくらい、人を馬鹿にしている」（三幕二場）と腹を立てる。そしてハム
レットの短気な性格に輪を掛けたように恐ろしい独白が続くが、母の所へ行
くとき「胸にネロの魂が入ってはならぬぞ」、とハムレットは自分に言い聞
かせている。この場でハムレットは何故このような言葉を発したのであろう

か。確かにネロが母親に溺愛されていたようにハムレットも母親の生甲斐で
あることを我々はすでに知り、ハムレットもそのことは承知している。しか
しハムレットはネロのように殺害はしないことを自覚している。父の亡霊が
危害を決して加えるなと警告していたからである。しかしこの時のハムレッ
トの様子に何か異様な空気を感じるが不安は的中する。ハムレットがガート
ルードの部屋に話を聞きに行った時、カーテンの陰に隠れていたポロウニ
アスを、クローディアスと勘違いし、ハムレットが剣で刺し殺した結果ハム
レット最大の悲劇を生じさせる。ネロは母を殺害した。ハムレットは母を殺
害しない代わりにポロウニアスを殺害した。シェイクスピアが何故ネロを持
ち出しハムレットに言わせたかが理解できる気がする。確かにハムレットは
ネロにはならなかった。だがカーテンの陰に人が潜んでいなかったなら、ネ
ロのようになっていたかも知れない。

　ここでまた大きな疑問が生じる。ハムレットは以前確実にクローディアス
を殺すチャンスに恵まれながら実行しなかった。しかし今度は人違いでは
有っても簡単に殺害を実行している。何故かそれには、はっきりした理由が
ある。それはこの王妃の部屋が自分達の宇宙だからである、そこへクロー
ディアスがいたからだ。ハムレットの心に自分の宇宙へのこだわりがあった
からである。

　その証拠にこのハムレットがいる母の部屋に亡霊が現れている。この亡霊
の出現はハムレットに取って大きな意味を持つ。ハムレットが切望する誰に
も邪魔されない小宇宙が今存在しているのだ。しかし残念なことに父ではな
く父の亡霊である。ここでハムレットと亡霊とのやり取りが起きる。がしか
し母には亡霊の姿が見えない。ガートルードはハムレットの形相が一変し彼
の眼が異様な光を放っている様子に狂気を感じる。

　ガートルードの部屋でハムレットがポロウニアスを殺したことをクロー
ディアスに告げたときには、はっきりと、ハムレットの頭が狂っていてその
発作が始まり殺してしまったと、ガートルードは、ハムレットを庇い狂気の

仕業にしている。ガートルードはハムレットの気が狂ったと断言する。

　又オフィーリアのことで、レアーティーズとハムレットが摑み合いになった時に王がレアーティーズに、この男は気が違っているんだよと告げている。ここでもガートルードの言葉に注目したい。「後生だから勘弁してやって」（五幕一場）。ガートルードがハムレットの気が狂っていると断言した言葉がハムレットを救う手段として生きている。「全くの気違いです」（五幕一場）。このように言い切るガートルードは今、ハムレットを救うためには気違いにしておかなければいけないと考えていて、そこには母親の必死の様子がうかがえる（五幕一場）。ガートルードのこの発言はハムレットの振舞いが狂気からではないことを知っていて、やがて彼の狂気が治ることを言っておきたいための発言と受け取れる。

　また、ハムレットとレアーティーズが剣の試合を行った時の王妃の行動にも注目したい。

Queen Gertrude	The Queen carouses to thy fortune, Hamlet.
Hamlet	Good madam.
King Claudius	Gertrude, do not drink.
Queen Gertrude	I will, my lord, I pray you pardon me.

(Act 5 Scene 2, 242-244)

王妃	お前の勝利を祈って、この妃が乾杯しますよ。
ハムレット	ありがとう！
国王	これ、飲んではいけない。
王妃	いえ、飲ましてください。失礼ごめん。

（澤村訳）

王には今まで従順だった王妃が、この時だけは王に逆らい毒を飲んでしま

う。ガートルードは何故王の言葉に従わなかったのだろう。今までの母に対するハムレットの執拗なまでのそしり、忠告、そして広場でのクローディアスを暴くための芝居などを見てガートルードは、なにか釈然としないものを感じ始めたのではないか。ハムレットがガートルードをことごとくなじり、「私が本当の狂気ではなくて、わざと狂気を装っているんだと言っておしまいなさい。言ってやるのがいいでしょうよ」とガートルードに言った時ガートルードは次のように言っている。「もし言葉が息から生じ、息が命から生ずるものなら、お前の言った事を言葉にもらすだけの命は私にないから安心しておくれ」（三幕四場）。このガートルードの言葉は、王クローディアスを信頼しているのではなく、ハムレットのことを信頼している証と受け取れる。

　劇の最後で王妃が倒れたときの様子はそのことをはっきり物語っている。

Hamlet	How does the Queen?
King Claudius	She swoons to see them bleed.
Queen Gertrude	No, no, the drink, the drink! O my dear Hamlet,
	The drink, the drink—I am poisoned.　　[*She Dies*]

(Act 5 Scene 2, 261-264)

ハムレット	妃はどうされたのです？
国王	二人が血を流すのを見て失神したのだ。
王妃	いえいえ、その酒、その酒——ねえまあハムレット——
	その酒、その酒！　私は毒殺された。

（澤村訳）

　ここでガートルードが二人に言った言葉に明らかな違いがある。王に対しては 'No, no,' と否定の言葉を繰返して言うのに対し、ハムレットには 'O my dear Hamlet' と言ってから「私は毒殺された」と言っている。微妙な言

215

葉による愛情の表現の対照を感じる。ガートルードは、ハムレットに、先王と同じように私も毒殺された、と言いたかったのだろう。そして毒殺された先王のところへ行くと言う意思表示のようにも受け取れる。ハムレットを信じる気持を表していると同時にハムレットをいかに愛し気にかけていたかが判る（四幕五場）。自分自身の犯した罪に悩んでいるだけでなく、身をもってクローディアスの罪を暴き毒入りの酒を飲んで息子のハムレットを救う母親になっている。

おわりに

　ハムレットは自分の存在が母の淫慾の結果であると自らを責めながら、女性が持つ性欲を非難する言葉を恋人のオフィーリアにも吐露しているが、ガートルードはおぞましいわが身の性欲を息子に暴かれそれに死をもって決別し、ハムレットの諭しに答えた。母の性欲のあさましさを暴き気づかせたハムレットの母親であるガートルードは頭脳明晰であるにもかかわらずクローディアスの計略的な淫慾の床を拒む事が出来なかった。ハムレットの母親であるガートルードは女性性の苦悩を背負っていたのである。

原典

Wells, Stanley, et al., ed. *The Complete Works, William Shakespeare*. With a General Introduction, and Introductions to individual works, by Stanley Wells. Oxford: Oxford UP, 1988.

参考文献

Avi Erlich (1977): *Hamlet's Absent Father*. Princeton Univ. press.

Jonathan Slack 著:*Essential Developmental Biology*『エッセンシャル発生生物学』、大隅典子訳（2002）：羊士社。

King James Version : *The Holy bible*. Ivy Books・New York.

Peter Milward (1987): *Biblical Influences in Shakespeare's Great Tragedies*: Indiana Univ. Press.

Peter Milward (1982): *Memorable Speeches from Shakespeare*, Notes by Tetsuo Anzai: Nan'un-Do.

Samuel Taylor Coleridge (1930): *Shakespearean Criticism*: London: The Univ. Press.

アーネスト・ジョーンズ著:『ハムレットとオイディプス』:栗原裕訳（1988）：大修館書店。

アト・ド・フリース著:『イメージ・シンボル事典』:山下主一郎他共訳（1984）：大修館書店。

小田島雄志訳（1983）：『夏の夜の夢』:白水社。

桂田利吉訳（1939）：『シェイクスピア論』:コールリッヂ著:岩波書店。

関西外国語学園研究会（1970）：『研究論集』第15号:関西外国語大学。

ゲーテ:『ゲーテ格言集』:高橋健二編訳（1952）：新潮文庫。

気賀重躬他編集（1956）：『現代キリスト教講座・第二巻・キリスト教と聖書』:修道社。

笹山隆著（1988）：『ハムレット読本』:岩波書店。

澤村寅二郎訳注（1953）:『ハムレット』:Prince of Denmark : Shakespeare:研究社。

『聖書』:新改訳聖書刊行会訳（1970）：日本聖書刊行会。

高橋浩子・中村孝義・本岡浩子・網干毅編著（1996）:『西洋音楽の歴史』:東京書籍。

バーバラ・ロジャース＝ガードナー（1992）：『ユンクとシェイクスピア』、石井美樹子訳（1996）：みすず書房。

服部幸三監修・森本眞由美著（2003）:『クラシック音楽』:ダイヤモンド社。

フロイト:『精神分析入門』、安田徳太郎・安田一郎改訳（1970）：角川文庫。

三宅貞祥監修 萩原晗二他編著（1984）:『現代生物学』:東京教学社。

山室静（1963）:『ギリシャ神話』:教養文庫。

むすびにかえて

　シェイクスピアの不可思議な世界にとりつかれて学生向け「大学セミナー
ハウス」主催のシェイクスピアの旅に参加した。2001年のことで僅か7日
間に過ぎなかったがシェイクスピアが生まれ、育ち、過ごした場所を駆け足
で見て回り、またシェイクスピア劇を観劇したりした。学生の特権といえ
る、つましい学生旅行をしながら彼の生きた時代をごく僅かであったが体験
することが出来た。世界中の人々を虜にし、毎年各国から多くの人が訪れる
という謎に包まれたシェイクスピアの生誕地ストラトフォード・アポン・エ
イヴォンはどんよりと曇り、物憂い静けさに包まれていた。そこにはシェイ
クスピアと切り離すことのできない波瀾に富んだ人生を送ったエリザベス女
王（1533-1603）が支配したイギリスがあった。

　また当時の時代背景を彷彿とさせるものとして、ヘンリー八世の命令によ
り行われた王妃や宮廷人たちの殺戮現場が生々しく陰惨な跡を残していた。
また別の場所では、生涯を独身で通し、国民からヴァージン・クイーンと崇
拝されていたエリザベス一世の宮殿の財宝や王冠に圧倒させられた。宮内大
臣一座に属していたシェイクスピアが、女王の前で上演する機会に恵まれ、
心に秘めていた演劇への能力を爆発させていった場所、さらには、かつて
シェイクスピアが創作し演じ人々の評判を博した場所にも行って見たがそこ
には人を惑わすかのような不思議な空気が漂っていた。

　シェイクスピアは劇の中で登場人物の口を借りて現世に蔓延している苦し
みに満ちた民衆や女性など弱者の代弁者となって彼らの悲哀を赤裸々に告白
している。観客はその苦しみを劇の登場人物と共に感じながら自らの心の傷
を癒し慰める事もできるだろう。現世から邪悪な人々がいなくなり争いごと

がなくならない限り、シェイクスピアはこれからも傷を負った人々を癒す薬草の花の役目を演じ続けるであろう。

　『ロミオとジュリエット』の映画に魅了され、後に『ハムレット』の難解さに悩まされた私は劇の主人公ハムレットが母への憤りと叔父への憎しみに苦しむ姿を知った。同時に登場人物との合縁奇縁で生じた凄まじいまでのハムレットの人間に対する憎悪も知った。またシェイクスピアが様々な劇で登場させた花々の持つ意味を探る内に容易には計り知れない宇宙空間の万物の役目と人間との関わり、さらに登場人物の言葉の綾が『聖書』の多くの言葉との繋がりを持ちながらシェイクスピアの世界が有るのだと感じた。シェイクスピアの作品を研究し続けている大学院生として多くの疑問に直面し暗中模索の私であるが、難解なシェイクスピアが僅かずつ見えてきたように感じている。

著者紹介

尾﨑一美（おざきかずみ）

東京都生まれ。
平成 17 年 3 月 立正大学大学院文学研究科博士後期課程研究指導修了。
平成 20 年 2 月 立正大学教育学研究室非常勤勤務。
平成 23 年 4 月 立正大学心理学部非常勤講師。

【主要論文】
「八月の光 ——リーナ・グローブの気質と性について——」（『立正大学英文学論考』27 号立正大学英文学会 2001 年 4 月発行）。
「ハムレットにおける死」（『立正大学英文学論考』29 号立正大学英文学会 2003 年 3 月発行）。
「ハムレットの母親 ——ハムレットのガートルード——」（『立正大学大学院年報』21 号立正大学大学院文学研究科 2004 年 3 月発行）。
「ハムレット ——ハムレットの義父クローディアス王——」（『立正大学大学院年報』23 号立正大学大学院文学研究科 2006 年 3 月発行）。

【著書】
『シェイクスピアは、おとなの玉手箱』（2005 年 3 月 25 日）（文化書房博文社）（初版発行）
『ハムレット王毒殺！　ポローニアス！！　盗み見たな！』——シェイクスピア悲劇は、あなたの六道輪廻 ——（2009 年 3 月 10 日）（近代文芸社）（第一刷）

シェイクスピアは、おとなの玉手箱
咲き誇る " 喜怒哀楽の花 " 満載［改訂版］

2005 年 3 月 25 日　　初版発行
2021 年 7 月 30 日　　改訂版発行

著　者　　尾﨑一美
発行者　　鈴木康一

発行所　　株式会社文化書房博文社
　　　　　〒 112-0015　東京都文京区目白台 1 － 9 － 9
　　　　　電話 03（3947）2034 ／振替　00180-9-86955
　　　　　URL: http://user.net-web.ne.jp/bunka/

ISBN978-4-8301-1316-1 C1098　　　　印刷・製本　昭和情報プロセス株式会社
乱丁・落丁本は、お取り替えいたします。